*Schwarzes von der Friesenküste*

# Schauer Wellen und Schatten Seiten





Kai Kurgan

# *Impressum*

## SCHAUERWELLEN UND SCHATTENSEITEN

*Schwarzes von der Friesenküste*

Autor: Kai Kurgan

Fotografien: Ostfriesland Bild – SKN, Kai Kurgan, Fotolia

1. Auflage 2015
ISBN 978-3-944841-22-9



Bibliografische Information der Deutschen Nationalbibliothek:
Die Deutsche Nationalbibliothek verzeichnet diese Publikation in der Deutschen Nationalbibliografie; detaillierte bibliografische Daten sind im Internet über http://dnb.d-nb.de abrufbar.



Verlagsanschrift:
Stellmacherstraße 14, 26506 Norden
Internet: www.skn.info, E-Mail: buchshop@skn.info

Lektorat: Annette Müller
Umschlaggestaltung / Layout: Carina Rewerts
Bildbearbeitug: Karsten Patzelt
Konzept / Produktion: Charlotte Basse

Grundschrift: Adobe Caslon Pro

Druck und Gesamtherstellung:
SKN Druck und Verlag GmbH & Co. KG / Printed in Germany

Fotos: Ostfriesland Bild – SKN Druck und Verlag GmbH & Co. KG

# *Inhalt*

Vorwort . . . . . . 5

Torums Tochter . . . . . . 9

Bis zum letzten Mann . . . . . . 19

Flaschenpost . . . . . . 35

Das Gehölz . . . . . . 47

Seelenheil . . . . . . 59

Zieglerzorn . . . . . . 77

Mahlzeit . . . . . . 95

Geros Rätsel . . . . . . 111

Schwarze Ware . . . . . . 131

Sturmfahrt . . . . . . 147

Ein letzter Augenblick . . . . . . 165

Der Autor . . . . . . 171

# *Zum Geleit*

Seid mir gegrüßt, wagemutiger Wanderer durch die Wörterwelten!

Folge mir auf einem Streifzug durch meine Heimat und lerne die dunklen Seiten des Friesenlandes kennen – die Schattenseiten. Vom sturmgepeitschten Strand durch finstere Forste und in graue Gemäuer führt uns der Weg. Tief hinein ins schwarze Herz. Ihr werdet auf vertraute Stätten stoßen, die Euch in anderem Licht erscheinen. Und Ihr werdet neue Orte entdecken, die alte Geheimnisse bergen.

Eine Reise durch eine bewegte wie düstere Vergangenheit erwartet Euch. Es war die Zeit, in der Prophezeiungen vor dem Untergang warnten und in denen der Aberglaube ein festes Zepter führte. Schwarze Geschichten und finstere Gestalten warten darauf, von Euch erkundet zu werden. Sie erzählen von längst vergangenen Tagen und von Ereignissen, die sich so oder so ähnlich zugetragen haben könnten.

Die Erzählungen dieser Sammlung habe ich als schwarzer Prophet bei Lesungen in der Region vorgetragen. Jetzt werden aus gesprochenen Wörtern erstmals gedruckte Wörter.

Möge Euch der folgende Bannspruch vor bösen Mächten behüten und auf Eurem Weg schützen:

*Fahre, fliege durch den Tag und die Nacht*
*Überwinde geschwinde jede finstere Macht*

*Reise, rase aus dem Schatten ins Licht*
*Breche, brause durch Wogen und Gischt*

*Erfahre, erlebe, wie Schauerwellen brechen*
*Nässe und Kälte ins Fleisch dir stechen*

*Tobe, treibe mit der Kraft der Gezeiten*
*Entdecke und erwecke die Schattenseiten…*

Und nun folgt mir. Der Weg wartet. Besiegt die Angst…

Kai Kurgan — Rheiderland, im August 2015

# *Torums Tochter*

Dort, wo sich heute die Wellen des Dollarts brechen, gab es einst Städte, Dörfer und Klöster, in denen man keine Armut kannte. Wohlhabende Bauern, Kaufleute und Handwerker genossen hier unermesslichen Reichtum. Allen voran standen die Bürger von Torum, die in unstillbarer Prunksucht aus dem kleinen Kirchdorf eine schimmernde Perle am Fluss Ems geschaffen hatten. Acht Gold- und Silberschmiede lebten hier, deren Künste über die Grenzen des Landes hinweg bekannt und gefragt waren.

Wer als Fremder in die Stadt kam, blickte sprachlos auf die vielen Reichtümer: Rings um den großen Marktplatz standen prachtvolle Bauten, wie das imposante Rathaus, der mächtige Gerichtsbau, die reich mit Ornamenten verzierte Kirche oder die gewaltige Goldschmiede, in der ein Münzmeister aus edlem Metall Taler mit dem Torumer Wappen prägte.

Mächtige Mauern und Türme umgaben die Straßen und Gassen der Stadt, auf denen sich allerlei Volk tummelte. Die Frauen von Torum trugen kostbaren Schmuck, goldene Ringe, Spangen und Armreife. Und auf dem Markt boten Händler aus allen Teilen des Landes wertvolle Stoffe, feinste Speisen, exotische Gewürze und gut genährtes Vieh feil.

Des Abends wurde in Torum bis spät in die Nacht gezecht und gefeiert. Auf den Tischen, die mit Bechern und Tellern aus purem Gold eingedeckt waren, dampften erlesene Gaumenfreuden. Musiker spielten zum Tanz auf und die reichen Torumer erfreuten sich an leichten Künsten. Schleichend wie eine gefährliche Krankheit kehrten Laster und Sünde in die Mauern der Stadt ein.

Der grenzenlose Reichtum stieg den Menschen so zu Kopf, dass sie bald das Tagwerk ruhen ließen und nun von Sonnenaufgang bis Sonnenuntergang dem maßlosen Leben frönten. Gottes Gebote galten nicht mehr für sie, und so kamen mit jedem Sonntag weniger Menschen in die Kirche.

Eines Morgens blickte der Torumer Pastor auf die leeren Bänke in dem Gotteshaus und verließ darauf traurig die Stadt. Und mit ihm ging die letzte Hoffnung, dass sich das Schicksal des Ortes zum Guten kehren könnte.

Denn es kam bald eine Zeit, da drang aus der Umgebung immer wieder furchtbare Kunde nach Torum: Schwere Stürme suchten den Norden des Landes heim, das Meer hatte die Bollwerke an der Küste im Handstreich genommen und viele Orte waren bereits in den Fluten versunken. Die Menschen in Torum waren nicht sonderlich beeindruckt von diesen Nachrichten. Sie wähnten sich in ihrer Stadt in Sicherheit, denn allein Torum hatte bislang den Urgewalten zu trotzen vermocht. Doch als die Fluten immer näher rückten, wuchs auch hier die Sorge. Ein paar reiche Bürger schmiedeten deshalb einen teuflischen Plan: Mit einem Menschen-Opfer wollten sie das Meer besänftigten. Ein Mädchen sollte sterben.

Die Tochter des Torumer Müllers wurde für das grausame Ritual auserkoren. Sie war ein wunderschönes Kind, mit klugen, dunklen Augen und feuerrotem, wallenden Haar. Als die Nacht hereinbrach, zerrten schwarze Schergen das Mädchen aus seinem Bett und verschleppten es zur Stadtmauer. So sehr das Kind und auch ihr Vater flehten, die Frevler kannten keine Gnade. Sie hoben das Mädchen über die Mauer und stürzten es in die Tiefe – der Flut zu Füßen.

Und in der Tat: Das Meer verlor sein Interesse an der reichen Stadt. Die Stürme flauten ab und das Wasser zog sich zurück.

So ging das sorglose Leben weiter. Die Torumer veranstalteten ein großes Fest, mit dem sie den Sieg über die Naturgewalt feierten. Die ganze Nacht herrschte ausgelassene Fröhlichkeit, Bier und Met flossen in Strömen und die goldenen Teller wurden immer wieder mit üppigen Speisen gefüllt. Lautstark lärmten die Torumer – und die wenigsten bemerkten, dass der Wind draußen wieder stärker geworden war...

Als ein Wirt die Stufen in den Keller seines Gasthauses hinabstieg, um Nachschub für die durstigen Kehlen in seiner Schenke zu holen, erschrak er heftig: Das Wasser stand ihm bis zu den Knien. Fässer und Flaschen schwammen um ihn herum. Und kaltes Grauen packte den Wirt, als er inmitten der trüben Brühe einen feuerroten Haarschopf auftauchen sah...

Voller Panik rannte der Wirt die Treppe hinauf und stand schlotternd in seiner Schenke. Seine Gäste jedoch, berauscht vom starken Trunk, lachten ihn nur aus. Einer zeigte auf die nassen Kleider des erstarrten Wirtsmannes und brüllte los: „Seht nur, er hat sich in die Hosen gemacht!" Die Menge grölte. Doch dann ließ ein Donnerschlag sie verstummen.

Die Tür der Schenke war aufgesprungen und draußen tobte ein Unwetter, wie es die Menschen noch nie zuvor gesehen hatten. Heulend rüttelte der Sturm an Türen und Fenstern, während sich das Meer wie ein entfesseltes Monster immer wieder mit aller Macht gegen die Deiche warf. Wie die Zungen eines gierigen Ungeheuers tasteten sich die ersten Ströme ins Landesinnere vor. Dort vereinigten sie sich zu einem breiten Schwall, der alles mitriss, was ihm in die Quere kam. Im Nu hatte die Flut die Tore von Torum erreicht und selbst die starken Mauern hatten der unglaublichen Urgewalt nichts mehr entgegenzusetzen. Die stolzen Gebäude der Stadt brachen zusammen und begruben die Menschen unter sich, die in ihrer Todesangst zu den rettenden Toren flüchten wollten. Diejenigen, die sie erreichten, wurden von einer großen Flutwelle fortgerissen und ertranken jämmerlich.

Einige Menschen besannen sich in dieser Stunde der höchsten Not wieder auf Gottes Wort und suchten in der Kirche von Torum ihre Rettung. Während die Ersten vor dem Altar auf die Knie fielen und um ihr Leben flehten, verrammelten die Letzten das Tor der Kirche mit einem schweren Balken. Wild schlugen die Glocken im Turm Alarm, doch die Warnung kam zu spät.

In der Kirche wurde es unheimlich still. Nur das Murmeln der Betenden war zu hören und das Heulen des Windes.

Darin mischte sich mit einem Mal ein dumpfes Grollen, das immer lauter und bedrohlicher wurde. Die Menschen starrten mit weit aufgerissenen Augen auf die Tür: Durch ihre Ritzen drang Wasser, das sich auf dem Steinboden ausbreitete. Der Balken, der die beiden Türflügel zusammenhielt, ächzte bedrohlich. Dann zerplatzten die Scheiben mit einem lauten Knall, der Balken brach und die Flut brauste ungehindert in die Kirche.

Und das Letzte, was die Torumer sahen, war das Müller-Mädchen, das sie mit traurigen Augen anblickte. Sie stand in der aufgebrochenen Tür und der Sturm zerrte an ihren feuerroten Haaren. Noch einmal gaben die Kirchenglocken einen wimmernden Laut von sich, dann erstarb ihr klagender Klang in der brausenden See.

Und das war das Ende von Torum, der stolzen Stadt.

Schiffer, die Jahre später des Abends über den Dollart fuhren, wollen in der Tiefe einen geheimnisvollen Klang vernommen haben: die Glocken von Torum. Bei niedrigem Wasser haben einige von ihnen auch die Ruinen der Stadt und ihre Straßen gesehen. Und einmal fanden Fischer sogar ein Fässchen im Watt, das randvoll gefüllt war mit Silbermünzen. Und unter dem grauen Schlick, der sie bedeckte, schimmerte das Wappen von Torum.

# *Bis zum letzten Mann*

Der Sturm kehrt zurück. Und er ist noch stärker geworden.

Ich muss wieder hinaus. Zurück an den Deich. Seit Tagen habe ich kaum noch Schlaf. Und doch kann ich nicht ruhen, denn die Flut ist unerbittlich. Ich muss wieder ans Werk. Es sind nicht mehr viele Männer übrig. Vor zwei Stunden hat es Marten erwischt. Weh uns allen! Der Deich hat schwere Wunden erlitten. Aufgerissen und geschunden liegt er da vor unserem Dorf. Er wehrt sich kaum noch gegen die tosenden, harten Wellen, die dicke Stücke aus seinem Leib reißen.

Ich werde seine Wunden heilen. Ich werde weitermachen, bis… bis alles vorbei ist. Es begann vor einer Woche. Ohne Warnung kam die See über uns. Tiefes Tosen und Grollen kündete ihr Kommen in der Nacht, und auf ihren Wogen saß der Tod! Mein Freund, der alte Freerk, pochte an die Tür meines Heimes, und gemeinsam eilten wir durch Regen und Sturm an den Deich. Fassungslos standen wir da und blickten auf die wütenden Wellen, die uns zerschmettern wollten. Die See brodelte wie ein Höllensumpf, und grelle Blitze tauchten das Inferno in einen geisterhaften Schein. Wir wurden regelrecht überrannt und hatten keinen Plan, keine Taktik. Nur unsere Schaufeln, den Klei und unsere Kraft konnten wir aufbieten. Mann an Mann haben wir gegen das Monster da draußen gekämpft. Im strömenden Regen, knietief im Matsch. Die Hände klamm vor Kälte und doch den Schweiß auf der Stirn. Die Schaufeln schepperten, die Kleibrocken klatschten auf den Boden.

Immer wieder, von der Karre ins Loch! Von der Karre ins Loch! Doch kaum war eines gestopft, brach das Meer an anderer Stelle wieder durch. Es war ein ungleicher Kampf. Das Wasser war überall. Es zerrte und fraß von unten und prasselte von oben. Und als der Deich uns förmlich zwischen den Fingern zu zerrinnen drohte, schrien wir in Todesangst unsere Gebete in die Nacht. Doch der rasende Teufel spielte mit uns. Am nächsten Morgen zog sich das Wasser etwas zurück und wir schöpften Hoffnung. Der Sturm blieb, aber das Meer wurde ruhiger. Es zog seine Klauen ein. Vorerst.

Als ich müde und entkräftet nach Hause zurückkehrte, klammerte sich Rieke an mich und schluchzte wild. Mein armes Kind. Die ganze Nacht hatte sie am Fenster unseres Hauses ausgeharrt und in die brausende Finsternis gestarrt. Allein, verlassen. Ihr Weinen brach mir das Herz. Wie gern hätte ich meine Tochter beschützt, in dieser Nacht und auch den nächsten. Doch der Deich war unser aller Pflicht und Auftrag, und er hatte Vorrang. Ich drückte Rieke fest an mich. Ihr Haar duftete so gut. Nach Honig und Kräutern. Genau wie bei ihrer Mutter. Tief atmete ich diesen Duft ein, und die Sorgen rückten für einen Moment weit weg. Die ganze Trostlosigkeit und Verzweiflung, die mich seit Monaten gefangen hielt. Meine Frau ist vergangenen Herbst gestorben. Verwandte haben wir hier nicht. Rieke war nun mein ein und alles. Und allein für sie wollte ich gegen dieses Ungetüm da draußen kämpfen. Für unser kleines Heim, ihr Zuhause und mein Glück.

*

Am Nachmittag griff die See wieder an. Wütender und stärker als zuvor. Tjark, unser Dorfältester, rief alle zum Deich. Das Wasser stand fast unter der Krone, und die ersten Wogen schwappten hinüber. Es war hoffnungslos. Ich sah es in den Augen unseres Ältesten, der in seinem Leben schon so viele Stürme erlebt hatte. Seine Stimme zitterte: „Wir wollen beten.“ Und es begann ein Ritual, mit dem wir von nun an täglich ans Werk gingen: Wir knieten nieder auf der Krone des Deiches und falteten stumm die Hände. Tjark schaute gen Himmel und bat Gott um Beistand. Er bat um Kraft und Geduld, dieses Inferno zu überstehen. Und er bat um Vergebung für all die Sünden, die wir offenbar auf uns geladen hatten, um mit diesem Unwetter gestraft zu werden. Der Himmel schickte als Antwort ein tiefes Grollen.

In dieser Nacht verloren wir zwei Häuser - und unser Gefährte Marten seine Frau Rena. Es war grausam. Sie war hochschwanger und stand kurz vor der Niederkunft. Wir sahen sie noch in der Tür ihres Heimes, direkt am Deich, wo sie verzweifelt nach ihrem Mann rief. Marten schrie hinüber, dass er nicht kommen könne. Sie solle sich von der Tür fernhalten und in Sicherheit bringen.

Da passierte es: Während wir nur ein paar Meter weiter verzweifelt die Furchen und Löcher stopften, hatte der Sturm das Meer wie ein geschickter Feldherr umgelenkt. Eine gewaltige Woge türmte sich auf, sprang über den Deich und schob Martens Heim mit einem einzigen, wuchtigen Streich beiseite. Schwarzes Wasser ergoss sich ins Land, die Erde kam ins Rutschen. Kopflos stürmten wir an die Stelle des Durchbruchs, kippten hastig den Klei in die aufbrechenden Risse und versuchten auch mit Bohlen und Brettern der Lage Herr zu werden.

Als wir im Morgengrauen erschöpft im Klei lagen, jeglicher Kraft beraubt, irrte Marten noch immer zwischen Balken und Geröll umher, die aus einer dicken Schicht von Schlamm hervorstachen. Er konnte seine Frau nicht finden.

*

Die Abstände wurden immer kürzer. Diesmal startete der Sturm bereits am Mittag einen neuen Angriff. Schwarz kamen die Wetter gezogen und der Donner grollte. Wieder rief uns Tjark zum Gebet. Und wir leisteten einen Schwur: Gemeinsam wollten wir zusammenstehen, um der Urgewalt die Stirn zu bieten. Wir würden weiterkämpfen um jeden Preis. Für unser Land. Für unser Leben. Bis zum letzten Mann. Und während wir alle niederknieten, stand Marten plötzlich neben uns. Wir erschraken. Er sah fürchterlich aus. Die Augen lagen in tiefen Höhlen, der Blick war leer, die Haare standen ihm wirr vom Kopf. Sein Hund war bei ihm. Er war alles, was ihm noch geblieben war und wich nicht von seiner Seite. Mit einer einladenden Geste bat Tjark auch unseren Gefährten zum Gebet. Verächtlich blickte Marten auf uns hinab und zischte: „Wo ist euer Gott hier?“ Er spuckte auf den Boden und machte sich schweigend ans Werk. Verbissen schaufelte er den Klei auf den Deich. Nach und nach kamen wir anderen hinzu. Die Flut schien nur auf uns gewartet zu haben, denn sogleich rasten wieder die Wogen und der Sturm brüllte.

Am schlimmsten war der Regen. Das Wasser lief uns aus den Stiefeln, und die Mäntel klebten am Leib. Als plötzlich eine harte Welle zu uns heraufschnellte und Marten die Erde unter den Füßen wegriss, schrie er seine Wut in den Wind hinaus. Er rollte wild mit den Augen, packte den Stiel seines Spatens, wirbelte herum und zerschmetterte den Schädel seines Hundes. Ohne einen Laut sackte das Tier zusammen, und das Blut aus seiner klaffenden Wunde folgte dem Sog der zurücklaufenden Welle. Erstarrt hielten wir inne. Der Hund war nicht tot. Zuckend lag er auf dem Boden und mit flehentlichem Blick schaute er zu Marten herauf. Als Tjark mit erhobener Schaufel zu dem Tier eilte, um es von seinen Qualen zu erlösen, stieß Marten ihn brutal zur Seite. Dann begann er, wie besessen zu graben. In wenigen Augenblicken hob er eine drei Fuß tiefe Kuhle aus. Marten rammte den Spaten in den Grund, wuchtete seinen Hund, der nun panisch hechelte, hoch und legte ihn in die Grube. Dicke Erdklumpen schollerten auf das Tier und bald war es unter einer grauen, dreckigen Schicht verschwunden. Wie im Schock sahen wir zu. Niemand schritt ein, niemand sprach ein Wort. Als Marten sein grausiges Werk beendet hatte, wischte er sich das Blut und den Klei aus dem Gesicht und sagte mit einem seltsam fiebrigen Blick: „Er war schon alt und krank. Und ihr wisst es doch alle: Es muss etwas Lebendiges hinein!“ Tjark schäumte. Er packte und schüttelte Marten: „Du versündigst dich!“, schrie er. Doch Marten entzog sich seinem Griff und blickte ihn nur mit kalten Augen an. „Deine Gebete nützen gar nichts, alter Mann.“

Erst ganz allmählich lösten wir uns aus unserer Starre. Die anderen gruben bald weiter. Ich aber schaute noch lange schweigend zu, wie Marten scheinbar ungerührt seiner Arbeit nachging. Als ich meinen Spaten aufhob, um selbst ans Werk zu gehen, geschah etwas Seltsames: Der Sturm ließ nach. Die Angriffe der Wellen wurden kraftloser, müde klatschten sie an den Deich. Dennoch war ich überzeugt: Dies war ein schlechtes Omen.

*

Die Ruhe währte nur kurz. Am nächsten Tag war der Sturm wieder da. Einige von uns wurden mutlos. Ihre Kräfte waren aufgezehrt, ihre Hoffnung erloschen. Sorgen machte ich mir um meinen alten Freund Freerk. Er hatte starken Husten und musste immer öfter eine Pause einlegen. Wie lange würde er noch durchhalten? Er war völlig auf sich gestellt, lebte allein in seiner Hütte. Ich hörte, wie sich ein paar Gefährten mit Freerk verabredeten, um am Abend mit ihren Familien ins Hinterland zu flüchten. Tjark war außer sich, als er davon erfuhr. Er brüllte die Männer an, dass sie ihr Dorf nicht im Stich lassen dürften. Es sei unsere Christenpflicht, den Deich zu halten und die Heimat zu schützen. Und er meinte, dass Gott uns schon beistehen würde, in unserem Kampf gegen den Satan der See.

Eine Stunde später hat das Meer auch ihn geholt. Gott seinem Herrn hat es gefallen, dass er zuvor noch seine Frau und seine beiden Kinder hat elendig ertrinken sehen. Wimmernd versuchte er sie zu retten, dann riss die Flut auch ihn mit sich. Wir sahen ihn nie wieder. Ratlos und verzweifelt standen wir danach zusammen. Bereit, den Deich aufzugeben und damit auch uns. Doch dann besannen wir uns auf Tjarks Worte. Er hätte nicht gewollt, dass wir uns ergeben. Und allein aus Respekt ihm gegenüber mussten wir weitermachen. Diesmal sprach ich das Gebet. Nur Marten kniete wieder nicht nieder. Spöttisch beobachtete er den Rest von uns und höhnte: „Ihr werdet schon sehen: Bald wird ein Hund nicht mehr reichen!“

Die Stimmung kippte. Unsere Gemeinschaft hatte Risse bekommen. Und der Kampf gegen den Sturm forderte Tribut: Mein Freund Freerk wurde immer schwächer. Als er sich wieder mit der Karre den Deich hinaufschleppen wollte, brach er plötzlich keuchend zusammen.

Ich half ihm auf die Beine, und er setzte sich auf den Rand der Karre, um zu verschnaufen. Ob es Zufall war? Als ich beruhigend auf ihn einredete, fiel mein Blick auf Marten. Er stand mit den Hansen-Brüdern zusammen, zwei ledigen Eigenbrötlern aus dem Dorf. Sie tuschelten und warfen uns seltsame Blicke zu. In diesem Moment musste ich auf einmal an die panischen Augen des totgeweihten Hundes denken – und mein Herz schlug schneller. *„Bald wird ein Hund nicht mehr reichen“*. *„Er war schon alt und krank.“* Es braute sich etwas zusammen.

*

Am nächsten Tag waren wir nur noch fünf. Zwei von uns waren tatsächlich mit ihren Familien geflohen. Auch bei mir wuchsen die Zweifel, dass der Deich noch zu halten war. Doch ich zwang mich weiterzumachen – aus Angst, sie würden Freerk etwas antun. Während wir schufteten, hatte ich Marten und die Hansen-Brüder immer im Blick. Ich sah, wie sie sich im Vorbeigehen manchmal etwas zuraunten und verstohlen um sich schauten. Mein Hass wuchs. Ihr Aberglaube widerte mich an. Wie ein schleichendes Gift hatte er in ihren Köpfen geschlummert – und jetzt begann dieses Gift zu wirken. Doch heute hielten sie sich noch zurück. Genau wie der Sturm, der lange nicht mehr so wild tobte wie in den Tagen zuvor. Hoffnung keimte auf. Als ich mich am Abend mit Freerk auf den Heimweg machte und meinen erschöpften Freund stützte, meinte er zum Abschied: „Marten hat vielleicht recht. Auf Gott allein können wir nicht bauen. Es ist Brauch. Der Deich verlangt sein Opfer. So war es schon bei unseren Vorfahren."

Ich blickte ihn ernst an: „Pass' auf dich auf, Freerk", sagte ich. Ich sah ihm lange hinterher, denn ich machte mir große Sorgen um ihn. Erst als das fröhliche Rufen meiner Tochter an meine Ohren drang, waren alle trüben Gedanken beiseitegewischt. „Ist der Sturm fort?", fragte Rieke erwartungsvoll. Ich sagte nichts und nahm sie in den Arm.

*

Nein, er ist nicht fort...

Als ich am nächsten Morgen aufwachte, nach einem Abend voller Wärme und Ruhe, wie ich ihn schon lange nicht mehr erlebt hatte, war der Sturm wieder da. Noch nicht in aller Heftigkeit, aber deutlich drang sein Brausen durch den Schlummer an mein Ohr.

Rieke?

Als ich blinzelnd die Augen öffnete, sah ich, wie dunkle Wolken am Fenster vorbeizogen, und ich hörte das Rascheln der Bäume, die vor der Hütte standen. Dann schlugen die ersten Regentropfen an die Fenster.

Rieke?

Wahrscheinlich schlief sie noch. Wir hatten gestern Abend lange gespielt und ich hatte ihr etwas vorgelesen. Erst sehr spät kuschelte sie sich unter ihre Strohdecke, küsste mich und schlief dann mit dankbarem Lächeln ein.

Rieke?!

In meinem Kopf dämmerte etwas herauf, es kam in Wellen, die plötzlich über mich zusammenbrachen. Mit einem Satz sprang ich hoch und hastete in die kleine Kammer nebenan, wo das Bettlein meiner Tochter stand. Es war leer. Eine kalte Faust umschloss mein Herz. Mein Blick fiel auf die offene Tür.

Rieke!

Ich rannte ins Freie. Es goss in Strömen. Doch obwohl ich noch nicht einmal ein Hemd übergestreift hatte, spürte ich den Regen und die Kälte nicht. Immer wieder schrie ich Riekes Namen, als ich zum Deich stolperte. Von Weitem sah ich meine Gefährten. Sie standen dichtgedrängt auf der Krone des Deiches. Spaten blitzten auf und schepperten. Erde flog empor.

Rieke!!!

Mein Schrei ließ die Männer herumwirbeln. In ihren Augen sah ich so vieles, was dunkle Ahnungen in mir aufsteigen ließ. Unsicherheit, Beschämung. Bei Marten aber auch Entschlossenheit und Trotz. Langsam ließen sie die Spaten sinken und stellten sich dicht nebeneinander. Damit ich nicht sehen konnte, was hinter ihrem Rücken geschehen war. Freerk wollte mich aufhalten. Ich schlug ihm mit der Faust ins Gesicht und er fiel rücklings in den Matsch. Wortlos wichen die anderen drei zur Seite und gaben den Blick frei auf…

Ein frischer Haufen Klei lag dort aufgeschichtet. Regen sammelte sich in kleinen Pfützen darauf. Sie hatten ein Loch im Deich mit der Erde gestopft. Doch nicht nur damit: Aus dem Klei ragte etwas Dünnes, Weißes heraus. Ich dachte zunächst, es sei ein Ast. Doch es war ein Arm. Ich fiel auf die Knie. Mit bloßen Händen riss ich den Klei heraus und wühlte mich wie von Sinnen durch die nasse, graue Erde.

Das Erste, was ich sah, waren ihre Haare. Ihre langen Haare, die immer so gut dufteten. Sie waren jetzt grau, voller Schlamm. Ich hob mein Kind hoch, nahm es in den Arm und presste es fest an mich. Mein Blick verschwamm und ich vergrub mein Gesicht in ihren Haaren. Unter all dem Klei rochen sie immer noch so gut nach Honig und Kräutern. Oh, mein Gott. Meine kleine Rieke! Und bevor Gott mir Gnade schenkte und mich die Ohnmacht übermannte, hörte ich Marten noch mit fester Stimme sagen: „Wir haben es tun müssen. Für unser Dorf. Für… Für uns alle!“

*

Es wird Zeit. Die Sturmnacht bricht an. Die Nacht der Entscheidung. Die Nacht ohne Morgen. Meine Hütte ist leer. Das Feuer ist erloschen. Kälte greift nach meiner Seele. Das Grauen hat mich betäubt. Ich muss wieder hinaus. Ich muss es für Rieke tun. Ihr Tod darf nicht umsonst gewesen sein.

Es sind nicht mehr viele Männer übrig. Marten hat es vor zwei Stunden erwischt. Ich habe ihm mit dem Spaten das Kreuz durchstoßen. Er hat noch gelebt, doch er konnte nicht mehr weglaufen. Ich packte ihn am Schopf und zog ihn in die frisch ausgehobene Kuhle. Er wollte schreien, doch eine Schippe voll Klei stopfte ihm den Hals. Als ich das Erdloch zuschüttete, sah ich noch einmal in seine panischen Augen. Und dann war mir, als stünde Rieke da oben auf dem Deich und schaute stumm zu mir herunter. Freerk und die Hansen-Brüder waren eben noch nicht am Deich. Aber ich werde sie mir holen. Einen nach dem anderen. Bis zum letzten Mann!

# *Flaschenpost*

Der alte Borgmann schlurfte über den Strand. Die Hände tief in den Taschen seines Mantels vergraben, den Kopf gesenkt. Im matten Licht des Morgengrauens rollten die Wogen sanft an Land. Der dunkle Dünenkamm der Insel erhob sich links von ihm und der weiße Sandsaum, über den er schritt, glomm schwach in der Dämmerung des erwachenden Tages. Die Sonne war noch nicht aus dem Meer gestiegen. Doch es war hell genug.

Borgmanns Blick wanderte suchend über den Boden. Wie an jedem Morgen. Wer etwas finden wollte, musste früh sein. Hier am Oststrand, wo der Meeresstrom vorbeizog, war die beste Stelle für Sammler wie ihn. Verlorene Frachten, Kisten, Fässer. Auch zerbrochene Planken, Tuche und dann und wann Teile eines Bootes: Was das Meer weiter draußen verschlungen hatte, spuckte es hier wieder an Land. Vieles davon ließ sich zu Geld zu machen, oder zumindest für eigene Zwecke verwerten. Die Fischer der Insel besserten damit ihr Einkommen auf. Und es gab Tage, da brachten die Funde mehr ein als der eigentliche Fang.

Die anderen Männer aus dem Dorf suchten meist weiter nördlich nach Treibgut. Da, wo sich die Wellen am breiten Strand brachen und wo immer etwas anlandete. Aber Borgmann wusste es besser. Er kannte die Gezeiten und die Strömungen seit seiner Kindheit. Und er wusste, hier am Oststrand machte der Meeresstrom einen leichten Bogen, während er sich durch die enge Straße schob, die zwischen der Inselgruppe verlief.

Erst danach liefen die Wellen auf die Nordspitze des Eilandes zu. Zweifellos sehr mächtig und oft reich an Treibgut, aber den größten Teil ihrer Beute entließ die See bereits im Osten aus ihren kräftigen Klauen.

Borgmanns Augen verengten sich zu schmalen Schlitzen, als er auf das Meer hinausschaute. Ganz schwach war am Horizont eine schmale goldene Sichel zu sehen. Die Sonne ging auf. Die Zeit wurde knapp. Bald würden weitere Sammler auftauchen. Borgmann war sich sicher: Es musste etwas zu finden sein. Sein Instinkt hatte ihn noch nie betrogen. Sobald er seine Hütte verließ und einen Fuß auf den Strand setzte, wusste er tief in seinem Inneren, ob es ein lohnender Morgen für ihn werden würde oder nicht. Dieses Gefühl war nicht mit Worten zu beschreiben. Es war wie eine innere Unruhe, die sich in ihm breitmachte und die ihn vorwärtstrieb. Und an diesem Morgen war die Unruhe besonders stark.

Er ging auf die schmale Landzunge zu, die ins Wasser ragte und dicht bewuchert war von Strandhafer. Hier in den Gräsern verfing sich fast immer etwas. Borgmann schritt langsam vorwärts, den Blick starr auf den Boden geheftet. Er musste nicht weit gehen. Ein zufriedenes Lächeln huschte über seine Lippen, als er eine schwache Spiegelung im Gestrüpp bemerkte. Borgmann beugte sich hinunter und schob das Gras beiseite, um seinen Fund genauer in Augenschein zu nehmen.

Eine Flasche. Es war eine braune Flasche. Sie war vom Schlick verschmiert und mit einem Bügel verschlossen. Kein großer Fund. Borgmann seufzte. Doch er hoffte noch auf einen guten Tropfen in der Flasche.

Das Etikett der Flasche war vergilbt und nicht mehr vollständig. Ein Teil einer gezeichneten Mühle war zu erkennen. Von der Schrift war nur noch das Wort „...bräu“ erhalten geblieben. Borgmann hob die Flasche hoch. Sie war leer. Enttäuscht wischte er über das verblichene Etikett. Kein Schlummertrunk also. Gerade wollte er den Fund wieder ins Meer werfen, da fiel ihm etwas auf. Der Alte hielt die Flasche gegen den Himmel. Deutlich zeichnete sich ein Umriss hinter dem braunen Glas ab. Das war offenbar Papier. Eine Botschaft! Er hatte eine Flaschenpost gefunden! Hastig öffnete Borgmann den Verschluss. Ein herber, würziger Geruch strömte hinaus. Ein Geruch, der erahnen ließ, was für ein gutes Gebräu einst in dieser Flasche geschlummert hatte. Der Fischer fingerte im Flaschenhals herum, um die Botschaft zu ergattern. Doch er erreichte sie nicht. Genervt zerschlug er das Glas auf einem Stein im Sand. Zwischen den Scherben lag ein Brief. Borgmann hob die Nachricht auf. Es waren mehrere Blätter, die man zusammengefaltet hatte. Das Papier war rissig, durchweicht und übersät von kleinen, braungelben Flecken. Borgmann löste die Blätter vorsichtig voneinander. Auf vier Seiten fand sich eine zittrige Handschrift, eng beschriebene Zeilen. In Hast verfasst, mit einem Bleistift oder einem Kohlegriffel. Einiges war nicht mehr lesbar, die Schrift verwischt. Offenbar war trotz des Verschlusses doch etwas Meerwasser in die Flasche gelangt und hatte das Papier durchweicht. Aber das meiste war gut zu entziffern. Borgmann setzte sich in den Sand.

Und während die ersten Sonnenstrahlen die Reste der Dunkelheit vertrieben und ein leichter Wind durch sein Gesicht strich, begann er zu lesen:

*„Dies ist mein letzter Brief.*

*Heute, im Morgengrauen, haben wir die Insel mit einem kleinen Boot verlassen – sieben Tage, nachdem die rote Plage ausgebrochen ist. Es gibt keine Rettung mehr. Wir sind alle verdammt. Die Seuche frisst sich durch unser Dorf, und ihr Hunger ist unersättlich. Keiner kann die Plage aufhalten. Dies ist mein Bericht - und eine Warnung an alle! Erik war der Erste, den die Plage dahinraffte. Ein kräftiger, junger Fischer. Er kehrte eines Morgens von einer Fangfahrt in unseren Hafen zurück. Wir hatten ihn eigentlich später erwartet und wunderten uns. Als er an Land kam, wankte und taumelte Erik über den Steg und brach nach wenigen Metern zusammen. Männer eilten herbei, um ihm zu helfen. Doch sie wichen entsetzt zurück. Erik wand sich in Krämpfen auf dem Steg, erbrach sich und schrie wie am Spieß. Doch das Schlimmste war: Aus seinen Augen rannen blutige Tränen.*

*Doktor Hellwein, unser Arzt, konnte ihm nicht mehr helfen. Erik starb in nur einer Stunde. Er litt unsägliche Schmerzen – und das Blut schien ihm aus allen Poren zu dringen. So als fliehe es vor der rasenden Seuche, die in seinem Leibe wütete.*

*Das war vor sieben Tagen. Und seitdem schleicht die rote Plage durch unser Dorf. Sie macht vor keiner Schwelle halt. Kein Schloss, kein Riegel kann sie stoppen. Sie kennt keine Gnade und pflanzt ihre tödliche Saat in Kinder wie Greise. Und die Saat keimt schnell. Die Saat der Hölle!*

*Fieber, Krämpfe, blutige Tränen - der Verlauf ist immer gleich. Von der Ansteckung bis zum Ausbruch vergehen nur wenige Stunden. Doktor Hellwein stand vor einem Rätsel. Verzweifelt suchte er nach einem Mittel, um die Krankheit einzudämmen. Vergebens. Der Tod ist ein schneller Reiter auf dieser Insel...*

Der alte Borgmann ließ die Blätter sinken und hielt erschüttert inne. Der Bericht ließ ihn schaudern. Er dachte nach. Freunde hatten ihm von einer rätselhaften Seuche berichtet, die auf einer Insel weiter weg im Nordwesten ausgebrochen sein soll. Genaues war nicht bekannt. Lange hatte es keine Meldung mehr von den Bewohnern gegeben. Doch die Provinz warnte eindringlich vor dem Betreten der Insel. Boote machten seitdem einen weiten Bogen um das Eiland. Borgmann blickte auf den Brief in seinen Händen. War dies der Schlüssel für das Rätsel um das verbotene Eiland? Was war mit dem unbekannten Schreiber geschehen? Borgmann las weiter:

*Die Toten liegen auf den Straßen. Es sind zu viele. Wir können sie nicht mehr beerdigen. Auf dem Friedhof ist kein Platz mehr – und es gibt kaum noch Helfer, die sich trauen, die Leichen anzufassen. Aus Angst vor der roten Plage.*

*Wir haben darüber beraten, was zu tun ist. Einer unserer Männer ist mit dem Boot zur Nachbarinsel gefahren, um Hilfe bei der Provinzverwaltung zu holen. Er kam nie wieder. Und uns war klar: Wir waren von jetzt ab auf uns allein gestellt.*

*Bald lag beißender Gestank über der Insel. Wir mussten die Toten verbrennen. Schwarze Rauchsäulen stiegen über dem Eiland auf. Die lodernden Scheiterhaufen kündeten den Tod. Mahnende Leuchtfeuer. Wir verbrannten die Toten. Aber die Seuche trotzte den Flammen. Man kann die Hölle nicht mit Feuer bekampfen.*

*Nach nur vier Tagen war die Hälfte des Dorfes ausgelöscht.*

*Ich schloss mich mit meiner Frau Gesa und meinen Söhnen Rolf und Mark in meinem Heim ein. Wie die meisten im Dorf es taten. Keiner wagte, Fenster oder Türen zu öffnen. Als ob es etwas genützt hätte… Der Tod kroch weiter durch unser Dorf.*

Es musste doch einen Weg geben, der Plage Herr zu werden! Ich suchte Hellwein auf. Er öffnete mir nicht, denn auch er fürchtete die Krankheit. Durchs Fenster sprachen wir miteinander. Hellwein meinte, der Fischer Erik habe die Wurzel des Übels auf unsere Insel geschleppt. Er sagte mir, er wolle sich auf Eriks Boot umsehen, um nach einem Hinweis zu suchen. Dort sei der Schlüssel zu der Seuche. Ich flehte ihn an, es nicht zu tun. Doch insgeheim wusste ich: Wir hatten keine andere Wahl.

*Als ich in mein Haus zurückkehrte, empfing mich Gesa an der Tür. Sie zitterte. Ihr Gesicht war wie Wachs und sie zeigte stumm auf das Bett meines Jüngsten, Rolf. Ich taumelte, als ich vor sein Lager trat. Nein, nicht mein Junge! Sein Gesicht war grässlich verzerrt, seine Glieder im Todeskampf erstarrt. Und nie werde ich den klagenden Blick in seinen blutigen Augen vergessen! Der Schmerz zerriss mich. Ich sackte zusammen und heulte wie ein Tier. Die Seuche, diese verdammte Seuche! Ich konnte meinen geliebten Sohn nicht einmal mehr in den Arm nehmen, um mich zu verabschieden. Gesa kam und stützte mich. Auch sie weinte hemmungslos. Und als ich sie anblickte, wurde mir eiskalt: Ihre Tränen waren aus Blut.*

Nicht nur der frische Morgenwind ließ Borgmann frösteln. Der eindringliche Bericht des unbekannten Schreibers berührte in sehr. Diese armen Menschen. Was hatten sie durchmachen müssen? Die Schilderungen waren zuletzt schwer zu entziffern, denn das Blatt war übersät von braungelben Flecken, das Meer hatte gierig am Papier geleckt. Eine Seite noch. Nun würde Borgmann bald wissen, was auf der Insel der Verdammnis geschehen war. Vorsichtig wischte er über das Papier, um die Schrift unter den Flecken zum Vorschein zu bringen.

*Ich ....mein Heim angezündet und .... meinem Ältesten aufs Meer ...... Kann nicht..... Müssen.... sofort...*

*Es gibt keine Rettung mehr. Wir haben alles verloren. Meine Frau starb kurz nach meinem Jüngsten. Auch Hellwein ist tot. Als ich ihn gestern Abend in meiner Verzweiflung aufsuchte, kam er nicht mehr ans Fenster. Ich klopfte und rief nach ihm. Immer wieder. Doch es blieb still im Haus. Vor der Tür stand ein Kasten, auf dem ein Brief lag. Er war für mich bestimmt. Hellwein schrieb darin, dass er den Kasten in Eriks Boot gefunden habe. Der Fischer habe ihn zum Aufbewahren von Beeren und Früchten benutzt, die er manchmal auf den Inseln gesammelt habe. Er sei sich sicher, schrieb der Arzt, dass eine dieser Früchte den Keim der roten Plage berge. Hellwein trug mir auf, die Kiste ans Festland zu bringen, damit die Provinz ein Gegenmittel finden könne. Auf keinen Fall aber dürfe ich sie öffnen, warnte er mich. Und ja, er bestätigte, was ich längst geahnt hatte: Auch er hatte sich angesteckt mit der Krankheit.*

*Ich zögerte keine Minute. Schnell packten wir einige Sachen zusammen, dann floh ich mit Mark im Schutze der Nacht in einem kleinen Boot von der Insel. Vom Wasser aus blickten wir beide schweigend auf unser Dorf. Der Flammenschein meines brennenden Heimes erhellte die Nacht. Wir müssen.... auch Mark... so kalt...*

Wieder war die Schrift verwischt. Borgmann versuchte vorsichtig, mit dem Daumennagel den krustigen Dreck abzukratzen. Es gelang nur bedingt. Der Alte konnte den Satz nicht zu Ende lesen. Die nächsten Zeilen hingegen waren wieder deutlicher zu entziffern:

*Ob wir die Küste erreichen? Ich habe meine Zweifel. Die Schiffe der Provinz werden sicherlich unser Boot versenken, wenn wir uns dem Ufer nähern. Und das wäre das Beste – für alle. Es spielt keine Rolle mehr. Meinem Jungen geht es schlecht. Vielleicht hat er noch eine Stunde. Und ich weiß: Auch mein Schicksal ist besiegelt. Fieber. Mir ist kalt. Die ersten Anzeichen der Krankheit. Doch den letzten Triumph gönne ich der roten Plage nicht. Wenn ich diesen Brief abgeschlossen und mit der Flasche ins Meer gelassen habe, werde ich meinem Leben selbst ein Ende setzen – und zuvor noch das Boot anbohren, damit es sinkt. Es darf die Küste niemals erreichen.*

*Doch wenn ich sterben muss, will ich wenigstens wissen, woran. Gerade habe ich Eriks Kiste geöffnet. Einige verschrumpelte Beeren, vertrocknete Blüten und Blätter waren darin. Nichts Auffälliges. Nur: Die Blätter sehen etwas seltsam aus. Sie sind übersät von braungelben Flecken.*

*Lebt' wohl. Hütet Euch vor der roten Plage!*

Borgmann ließ den Brief fallen. Er blickte auf seine Fingerkuppen. Sie waren braungelb. Ein Zittern durchfuhr seine Hände und seine Augen begannen plötzlich zu tränen. Als er sie sich abwischte, waren seine Finger rot von Blut.

# *Das Gehölz*

*„Geh' nicht in das Gehölz."*

Mutter hatte oft gewarnt. Doch Marie liebte das kleine Wäldchen, das sich zwischen den zwei Dörfern wie ein grünes Band wand. Ein Gutsherr hatte den kleinen Forst vor vielen Jahren gesetzt. Mächtige Eichen und Buchen beherrschten das Gehölz. Sie wachten an einem einsamen, einzigen Pfad, der sich quer durch das Wäldchen schlängelte.

Vorbei an wildwuchernden Beerensträuchern, einem munter fließenden Bächlein, dem sumpfigen Teich und den gefällten Riesen, die die Stürme aus dem Grund gerissen hatten und deren Stämme nun ganz allmählich vom Moos verschlungen wurden.

Nur eine Viertelstunde dauerte der Weg durch das Gehölz. Wenn man sich beeilte. Doch die Menschen nahmen lieber den Umweg über die Straße, um von einem Dorf ins andere zu kommen. Sie fürchteten das Gehölz, seit… seit dieser schrecklichen Sache vor einiger Zeit.

Eines Tages war die kleine Johanna verschwunden. Das ganze Dorf war auf den Beinen, um sie zu suchen. Marie hatte in der Nacht die bangen Rufe der Menschen im Wald durch ihr Zimmerfenster hören können. Im Morgengrauen war es traurige Gewissheit geworden: Man hatte Johanna tot im Teich des Gehölzes gefunden. Den gebrochenen Blick in den Himmel gerichtet, ihr buntes Blumenkleid auf dem dunklen Wasser treibend. Wie eine Seerose. Johannas Mörder hatte man nie gefunden.

Und seitdem fürchteten die Menschen das Gehölz. Viel wurde den Kindern in den Dörfern erzählt: Geister würden durch das Wäldchen streifen, und die Seele der unschuldigen Johanna würde keinen Frieden finden.

Ja, der Wald sei böse, raunten die Menschen.

Marie glaubte das nicht.

*„Geh' nicht in das Gehölz…"*

Mutter hatte oft gewarnt. Vor den Gefahren und den Geistern. Doch immer wieder zog es Marie hierher. Und wenn Mutter ihr auftrug, die kranke Tante im anderen Dorf zu besuchen, dann ging sie durch den verbotenen Wald. Weil der Weg doch so viel kürzer war, und so viel schöner. Immer winkte sie ihrer Mutter fröhlich zum Abschied und schritt zum Schein über den Weg, der zur sicheren Straße führte. Doch sobald sie hörte, wie die Tür des Elternhauses ins Schloss gefallen war, schlug Marie einen Haken und huschte ins Gehölz. Sie schlüpfte durch die leise knarrende Holzpforte, die am Anfang des Wäldchens stand, und streifte dann stundenlang durch diese wilde, grüne Welt. Eine Welt voller Wunder, voller Leben, voller Geheimnisse.

Sie jagte Waldgeister, suchte Elfen-Höhlen und Kobold-Spuren. Vater hatte ihr einen Stock geschnitzt, der sie auf jeder Wanderung begleitete. Und damit stocherte sie in den Erdlöchern herum, in der Hoffnung, einen Troll aufzuscheuchen.

Und immer wenn Marie an der Lichtung vorbeikam, mitten im Herzen des Gehölzes, blieb sie gebannt stehen und ließ sich von dem Zauber des Ortes gefangen nehmen. Er war umringt von kräftigen Eichen, die majestätisch nach oben ragten – wie die Säulen einer grünen Kathedrale. Voll Ehrfurcht trat Marie ein. Stumm und staunend stand sie da auf der Lichtung. Die weiten Zweige der Bäume schlossen sich hoch über ihr zusammen. Wie schützende Hände, die sie behüten wollten. Und dann schloss Marie die Augen, lauschte beseelt dem Rauschen der Blätter und den Rufen der Vögel, und sie spürte auf ihrer Haut die warmen Sonnenstrahlen, die durch die grüne Kuppel der Kronen blitzten.

*„Geh' nicht in das Gehölz…“*

Mutter hatte so oft gewarnt. Doch Marie fühlte sich sicher und geborgen an diesem Ort. Und sie kehrte immer wieder hierher zurück.

Auch jetzt war sie unterwegs, hüpfte vergnügt durch das Gehölz, in ihrem rot-weißen Sommerkleid, ihren Stock in der Hand. Von Zeit zu Zeit hielt sie auf dem verschlungenen Pfad inne und bestaunte die kleinen und großen Wunder des Wäldchens. Sie lief über den Weg, durch einen Spalier starker Stämme hindurch. Da hinten, gleich hinter der Biegung, würde die Lichtung sein. Sie konnte es kaum erwarten. Mit federnden Sprüngen, den Wind in den Haaren, hastete Marie über den Pfad.

Ein Mann.

Marie blieb stehen.

Auf der Lichtung stand ein Mann.

Er lehnte lässig mit dem Rücken an einem Stamm und schaute zu den Kronen der Eichen empor. Dann bemerkte er Marie und drehte sich zu ihr um. Langsam schritt das Mädchen weiter. Sie ließ ihren Stock auf den Pfad schleifen und senkte den Blick. Ihr fiel auf: Die Vögel waren so stumm. Und die Blätter rauschten nicht mehr. Eine Stille, die fast zu packen war, lag jetzt über dem Ort.

Der Mann am Stamm war schlank und groß. Und als Marie näher kam, sah sie, dass er einen langen, eleganten Mantel trug und schwarze, vornehme Schuhe. Der Fremde sah etwas blass und elend aus. Aber seine dunklen Augen funkelten lebhaft, als Marie an ihm vorbeiging.

„Hallo, mein Kind.“

Die Stimme des Fremden war sanft und freundlich. Fast schon singend.

Marie blieb stehen. Sie nickte stumm, um seinen Gruß zu erwidern. Doch sie schaute ihn dabei nicht an.

Der Fremde lächelte. „Hast du denn keine Angst? So allein hier im Wald?“

Marie schüttelte den Kopf und blickte nach unten. Der Fremde löste sich jetzt vom Stamm, trat einen Schritt vor und stellte sich direkt vor das Mädchen. Er musterte es von oben bis unten. Dann schaute er suchend über Maries Schulter hinweg zu dem Weg hinter ihr. „Du bist wirklich allein hier?“, fragte er. Bei aller Freundlichkeit meinte Marie ein seltsames Zittern in seiner Stimme vernommen zu haben.

Sie nickte, und das Gesicht des Fremden hellte sich auf. „Du bist aber ein großes Mädchen“, stellte er bewundernd fest. Marie sah immer noch nach unten und stocherte mit Vaters Stock verlegen auf dem Boden herum. Eine Weile schwiegen beide.

„Du hast keine Angst allein im Wald“, stellte der Fremde belustigt fest. „Aber hier gibt es doch Geister. Sagen die Leute.“ Marie zuckte mit den Achseln. Der Mann trat auf sie zu und legte ihr seine Hand auf die Schulter. Dabei öffnete sich sein Mantel ein wenig, und ein süßlicher, unangenehmer Geruch entströmte. Wie von Schweiß und Schmutz. Marie starrte auf das fleckige, zerrissene Hemd, das unter dem Mantel zum Vorschein kam. Auch die Schuhe wirkten auf einmal nicht mehr so elegant wie eben noch aus der Ferne. Blätter und Dreck klebten auf dem schwarzen, rissigen Leder.

„Komm. Setz' dich zu mir."

Es klang fast wie ein Befehl.

Der Fremde nahm auf einem umgestürzten Baumstamm Platz und schlug mit der linken Hand flach auf die Stelle neben sich. Marie gehorchte.

Immer noch schwiegen die Vögel. Und die drückende Stille wollte einfach nicht weichen.

Wieder legte der Fremde seine Hand auf Maries Schulter. Seine Finger strichen sanft über den Träger ihres Sommerkleides und wanderten zu ihrem Hals. „Du bist ein hübsches Kind."

Seelig, aber irgendwie entrückt, lächelte er sie an. Schweiß stand ihm auf der Stirn.

Marie blickte starr nach vorn. In das Gehölz hinein. Ihre Wunderwelt, ihre Zuflucht. Sie war so weit weg. Es war kalt geworden in der grünen Kathedrale des Lichts. Plötzlich lag seine Hand auf ihrem Knie.

Marie rührte sich nicht. Sie saß da wie betäubt, den Blick in die Ferne gerichtet. „Hast du Angst vor mir?"

Die Hand begann zu streicheln. Die schmutzigen, dürren Finger wirkten wie Spinnenbeine, die sich über dem Knie des Mädchens sachte zusammenkrallten und dann langsam höher schlichen.

Marie schloss die Augen.

Da hielt die Hand inne. Irgendetwas störte den Fremden. Er blickte das Kind fragend von der Seite an.

„Habe ich dich nicht schon einmal gesehen?"

Marie sagte nichts.

Der Mann fasste ihr Kinn und drehte ihren Kopf behutsam zu sich. Seine Augen musterten ihr Gesicht eindringlich. „Du siehst jemandem sehr ähnlich“, stellte er fest.

Sanft strich er ihr eine Haarsträhne aus dem Gesicht. Dann beugte er sich vor und küsste sie auf die rechte Wange.

Marie saß da wie gelähmt und umklammerte fest den Stock in ihrer Hand.

Der Fremde nahm sie in den Arm. Er lächelte vergnügt.

„Du bist reizend. So reizend.“

Sein Atem war jetzt ganz dicht an ihrem Ohr. Hektisch. Erregt. Er flüsterte:

„Es ist schön, dass ich dich gefunden habe.“

Marie richtete sich auf und sah dem Fremden direkt ins Gesicht. „Nein. Ich habe dich gefunden.“ Ihre Stimme war eisig und der kindlich unschuldige Glanz in Maries Augen war einem kalten, stechenden Blick gewichen. Sie packte den Stock und rammte ihn dem Mann von unten in den Hals.

Röchelnd rutschte der Fremde vom Stamm. Seine Füße in den schwarzen, rissigen Lackschuhen strampelten wild und wirbelten die Blätter ringsumher auf. Verzweifelt griff er den Stock und zog ihn sich aus dem Hals. Im hohen Schwall schoss das Blut aus der Wunde und regnete prasselnd auf den Waldboden nieder.

Marie schaute auf den Fremden herab, der sich auf dem Boden in letzten Zuckungen wand. Dann sah sie auf sich herunter. Ihr schönes Kleid, es war besudelt. Mama wäre sehr böse gewesen. Damals, als sie noch bei ihr war.

Aber das war lange her. Mutter hatte so recht gehabt: „Geh' nicht in das Gehölz…" Doch es war doch schön hier. Und nun war sie für immer an diesem wundervollen Ort. Es hatte lange gedauert, bis der Fremde wieder hierhergekommen war. Ihr Mörder. Aber nun hatte sie ihn gefunden. Oder er sie?

Marie verließ die Lichtung und hüpfte weiter, auf den Weg durch den Wald. Johanna wartete schon auf sie.

Ja, die Leute hatten recht: Im Gehölz gibt es Geister.

# *Seelenheil*

Sie kommen.

Bis hier oben durch das Fenster meiner Zelle dringen ihre Schreie, Schreie des Hasses und der Raserei.

Es müssen viele sein. Und wahrscheinlich sind sie bewaffnet. Nicht mit Schwertern oder Speeren. Nein, es sind die Waffen des Pöbels. Sensen, Forken, Äxte – all dieses primitive Zeug, mit dem sie ihre kargen Ländereien um Ihlow beackern, in der Hoffnung, ihrem ebenso primitiven Leben damit eine Erfüllung zu geben. Armselig.

Es wird Zeit abzuschließen. Abschied zu nehmen. Ein paar Zeilen an meinen geliebten Bruder Willem habe ich verfasst. Sie werden alles erklären. Ich hoffe nur, einer meiner Mönche wird diesen Brief wohlbehalten in die Mauern von Aduard retten können, unserem Mutterkloster bei Groningen. Zusammen mit meiner Holzschatulle. Sie ist der einzige Besitz, den ich mir in meinem kargen Leben als Zisterzienser erhalten konnte. Mein Vater hat sie mir geschenkt, als ich noch jung war, einfältig und ohne Glauben. Sie ist ein Relikt aus der Zeit, als ich wie ein Blinder durch die Dunkelheit wandelte, ohne Ziel und ohne Halt. Und doch ist sie in all den Jahren so kostbar für mich geblieben, weil sie mich immer an mein schlichtes Leben gemahnt hat.

Der Brief und die Schatulle – Willem muss sie bekommen. Er wird begreifen.

Soll ich hinausschauen? Einen Blick könnte ich riskieren.

Oh, ja! Es sind sehr viele! Das ganze Dorf scheint auf den Beinen zu sein.

Sie fuchteln mit Fackeln und ihren Waffen, schreien sich die Kehlen aus dem Hals. Immer wieder rufen sie meinen Namen.

Ach, und der Zimmermann Reent ist auch dabei. Dieser Narr!

Er war es doch, der mich immer bestärkt hat, meinen Kampf gegen den Verfall der Sitten im Dorf weiter zu fechten. Und er war es, der mich eindringlich gebeten hat, Hauke in die Obhut des Klosters zu nehmen. Sieben hungrige Mäuler hat der geile Bock in die Welt gesetzt - zu viel, um sie alle zu füttern. Da kam ihm unsere Schola Dei als Auffangbecken für seinen Jüngsten gerade recht. Und mit einem Mönch als Sohn lässt sich im Dorfe trefflich prahlen. Doch davon will er jetzt nichts mehr wissen.

Was für ein schöner Jüngling! Das gebe ich zu. Wenn man so lange in diesen Mauern lebt wie ich, wenn alle Empfindungen und Triebe jahrelang weggesperrt werden wie ein wildes Tier, dann kommt man auf die absonderlichsten Gedanken. Auch die Liebe zu einem Mann ist dann auf einmal gar nicht mehr so abwegig. Ich weiß, dass viele meiner Brüder ihre unterdrückten Sehnsüchte auf die widerwärtigsten Weisen stillen. Sich gegenseitig Befreiung verschaffen oder ihre Leiber schinden, um dieses unstillbare Verlangen zu unterdrücken – ein Verlangen wie eine Flamme, die sich nie löschen lässt, die immer wieder auflodert. Auch ich selbst habe mich fast an ihr verbrannt.

Aber mein Glaube ist stark. Längst habe ich all diesen fleischlichen Gelüsten abgeschworen. Und wie herrlich, so unsagbar herrlich war die Erkenntnis, dass allein die Liebe zum himmlischen Vater die Kraft und Erfüllung gibt, auf diese lasterhafte Zügellosigkeit verzichten zu können, und dass allein diese Liebe mehr Rausch und Lust verschaffen kann, als tausend Liebesdienerinnen es je vermögen.

Aber nicht alle haben diese Stärke. Auch Hauke nicht.

Das habe ich an dem ersten Tag gespürt, als er in unser Kloster kam, um als Novize in die Gemeinschaft eingeführt zu werden. Von dem Moment an, als ich seine zittrige Hand zur Begrüßung schüttelte, wusste ich, er würde dem Drang nicht widerstehen können. Doch ich wollte Hauke teilhaben lassen an diesen Triumph des Glaubens über das schwache Fleisch. Ganz persönlich wollte ich mich seiner annehmen und seine geistigen Gaben fördern. Denn die – das haben mich die kurzen Gespräche vor seiner Aufnahme in unser Haus schnell erkennen lassen – waren zweifellos bemerkenswert. Ich wollte diese zarte Pflanze gießen, sie behutsam ziehen und dann zur prachtvollen Blüte treiben.

Noch nie hatte ich einen jungen Mann getroffen, der trotz seiner Jugend eine so geistige Reife besaß. Er sog die geistigen Lehren unseres geliebten Ordensgründers Bernhard von Clairvaux gierig wie ein Schwamm auf und lieferte sich mit mir die schwierigsten Glaubensdispute. Und wenn er so dastand und sprach, dann mochte mein Herz zerspringen vor Glück. Denn da stand mein Schützling. Mein Hauke.

Sie rücken vor.

Selbst von hier oben kann ich diese wilde Mordlust in ihren Augen funkeln sehen.

Bruder Simon hat Mühe, die aufgebrachte Menge im Zaum zu halten. Nicht mehr lange, dann werden sie seine schmächtige Gestalt zur Seite fegen und sich an der Tür zu schaffen machen.

Dass es so weit kommen musste! Was für ein Wahnsinn greift nach unserem Haus?

Ich muss meine Seele erleichtern. Denn heute Nacht wird die Hölle Einzug halten in unseren Mauern!

*

Über Jahre habe ich mich mit glühendem Eifer meinem Zögling gewidmet, ihm die Herrlichkeit und Liebe Christi nahegebracht. Mir war, als würde ich mit Hauke gemeinsam über Felder der Weisheit und Erleuchtung ziehen, wobei wir jeden Winkel erkundeten, jeden noch so verschwungenen Pfad gingen und uns gegenseitig überbieten zu suchten, in immer kühneren, verwegeneren Theorien. So manches Mal tauschten wir bis in die tiefe Nacht unsere Gedanken aus, bis uns endlich die Stunde der Komplet zum erlösenden Gebet rief und wir danach ein wenig Schlaf fanden.

Nie hatte ich mich angeregter und erbaulicher mit jemandem über unseren Glauben unterhalten. Mit Ausnahme von Willem vielleicht, meinem treuen Freund aus Aduard.

Die neidvollen Blicke der anderen Mönche ignorierte ich. Sie waren weit von der Weisheit entfernt. Sie sahen im starren Gefüge des Klosterlebens nur die Möglichkeit, der weltlichen Armut zu entfliehen und brauchten die geistige Herausforderung nicht. Der Glaube betäubte ihre Gedanken, machte sie bequem und satt. Wie gemästete Schweine.

Hauke dagegen war zu Höherem auserkoren. Seine Anlagen gediehen prächtig. Manchmal fühlte ich mich wie ein Musiker, der nur blind eine Saite anschlagen musste, und Hauke antwortete mit einer wahren Symphonie an Ideen und Gedanken.

Fürwahr, ich hätte mir keinen besseren Nachfolger wünschen können.

*

Der Lärm schwillt an. Die Lage spitzt sich zu.

Ich sollte nach Andreas schicken lassen, damit er den Brief und die Schatulle an sich nimmt. Bei den Ställen im Hinterhof wartet bereits ein gesatteltes Pferd auf ihn. Wenn er sich geschickt anstellt, kann er das Kloster unbemerkt durch eine der Mauertüren verlassen und mit meiner Botschaft durch den Wald fliehen. Bis nach Groningen sind es nur etwa drei Tagesritte.

Ich selbst werde hier bleiben. Mein Schicksal hat sich erfüllt.

Und zwar an dem Tag, als der Zimmermann Reent zum zweiten Mal in unser Kloster kam.

Nie werde ich diesen Tag vergessen. Reent mochte zwar einfältig sein, aber er war auch ein sehr gottesfürchtiger Mann. Und so sank er vor meine Füße und beichtete mir unter heißen Tränen den Sündenfall seines Sohnes.

Es war, als ob der Boden unter mir schwanken würde. Es durfte nicht sein. Nicht Hauke!

Das Klagen und Wimmern des Zimmermanns nahm ich kaum noch wahr. Ich konnte keinen klaren Gedanken fassen und wie durch einen Schleier drangen die Worte des Mannes an mein Ohr:

„Er hat Euren Glauben verraten!“ – „Die Schlange hat sich seiner bemächtigt!“

Mein Verstand weigerte sich, diese ungeheuerliche Kunde zu glauben. Als ich meine Fassung allmählich wiedererlangt hatte, versicherte ich dem Zimmermann, dass seine Beichte richtig gewesen sei und nahm ihm das Versprechen ab, Hauke nichts von seinem Besuch zu erzählen. Reent schien erleichtert, dass ich seinen Sohn nicht sofort aus dem Kloster verweisen wollte, und er sein Gesicht im Dorf wahren konnte.

Immer noch plagten mich Zweifel. War es wirklich wahr?

Mein Herz sollte selbst schauen, damit mein Verstand glauben konnte.

Ich versuchte, mich Hauke gegenüber so unauffällig wie möglich zu verhalten. Wieder trafen wir uns zu unseren geheimen, geistigen Studien, und mein getreuer Schüler las mir mit Leidenschaft aus Bernhards Schrift „De Diligendo Deo“ vor, in der unser großer Ordensvater die Liebe Gottes preist. Aber Haukes Worte drangen nicht an mein Ohr. Meine Blicke durchbohrten ihn. Sie suchten in seinem Gesicht nach einem Anzeichen des Verrats. Doch sie erblickten nichts.

Früher als sonst verabschiedete sich Hauke an diesem Abend. Als ich ihn auf den Grund dafür ansprach, antwortete er nur: „Ein Unwohlsein, mein Abt.“

Ich spürte einen Stich in meinem Herzen.

*

Es tut mir weh! Wie ungern ich meine Schatulle aus der Hand gebe.

Denn mit ihr gebe ich auch mein Leben aus der Hand.

Doch die Zeit drängt. Wenn die aufgebrachte Menge erst einmal unser Heim gestürmt hat, wird sie keinen Stein mehr auf dem anderen lassen. Alles was mein ist, werden sie dem Feuer übergeben.

Auch meine Schatulle.

Was für eine filigrane Arbeit! Den hölzernen Deckel zieren zwei Hände, die zum Gebet gefaltet sind. Wahrhaft meisterlich sind sie auf dem Kästchen verewigt. Jede Ader und jede Falte der Hände hat der Künstler sorgsam und mit Liebe zum Detail eingearbeitet. Wie seltsam und trefflich: Manchmal scheint es mir, als würden diese Hände nicht nur beten, sondern behutsam etwas Kostbares umschließen.

Oft habe ich diese Hände liebevoll gestreichelt. Es war dies ein Akt der Dankbarkeit. Denn als mittelloser und einfältiger Jüngling habe ich diese Schatulle bekommen. Heute, als angesehener Abt, gebe ich sie wieder aus den Händen. Und mit ihr, das Kostbarste, was ich je erlangen durfte.

Gute Reise, mein Schatz...

Etwa eine halbe Stunde nach Haukes hastigem Aufbruch sah ich durch mein Fenster, wie der Schatten meines Schülers durch eine Mauertür verschwand. Ich beschloss, ihm zu folgen.

Ein klarer, silberner Mond leuchtete mir den Weg. Zunächst fürchtete ich, Hauke im dunklen Forst verloren zu haben. Doch dann erblickte ich einen Schatten vor mir, der zwischen den Bäumen huschte und von Zeit zu Zeit stehen blieb, um sich hektisch umzusehen. Ich ging hinter einem Stamm in Deckung. Was hatte Hauke vor?

Im sicheren Abstand schlich ich hinter ihm her. Nach einer Weile kamen wir an eine vertraute Stelle: Im Mondlicht zeichnete sich die Silhouette der Köhlerhütte ab, an der ich bei früheren Spaziergängen durch den Forst schon oft vorbeigekommen war. Mit einem leisen Knarren öffnete sich die Tür, der gedämpfte Lichtschein einer Lampe fiel nach außen und Hauke schlüpfte hinein.

Mein Herz klopfte mir bis zum Hals, als ich langsam auf die Hütte zuging. Und ich wagte kaum zu atmen, als ich an das kleine Fenster trat.

Wollte ich der Wahrheit wirklich ins Gesicht sehen? Ich musste, wenn ich diese quälende Ungewissheit endlich beenden wollte.

Ein lumpiger Vorhang hing vor dem Rahmen. Er war nicht ganz zugezogen, sodass ich sehen konnte, was im Inneren der Hütte vorging.

Ein dicker Kloß bildete sich in meinem Hals und Tränen stiegen mir in die Augen.

Also war es wahr!

Da lag mein schöner Hauke. Die Tunika hatte er abgestreift und achtlos in die Ecke geworfen. Auf einem schäbigen Lager wand er sich mit einem Mädchen in lustvoller Rangelei. Ich kannte das Weib nicht. Wahrscheinlich war sie irgendeine Bauerstochter aus dem nahen Dorf. Ihr blasser, wohlgeformter Körper drückte sich ihm entgegen, und ihr langes rotes Haar floss über die Leinendecke, auf der sich die beiden hingaben. Hauke überdeckte den nackten Leib des Mädchens mit heißen Küssen, und sie stöhnte dabei wie die Hure Babylon!

Langsam sank ich an der Wand der Hütte herab. Ich biss in meine Faust, um nicht in hemmungsloses Schluchzen auszubrechen.

Ich habe um dich gekämpft, mein Sohn! Ich habe um deine Seele gerungen! Und so dankst du es mir?

*

Sie sind durch!

Die Holztür am Haupttor ist zersplittert wie ein paar morsche Knochen. Jetzt toben sie im Kapitelsaal, reißen die Bänke und Tische um. Ein Teil von ihnen wütet im Refektorium, wo wir vor wenigen Stunden noch gemeinsam gespeist haben und Labung suchten nach unserem harten Tagwerk.

Hätte ich nur Andreas holen lassen! Jetzt ist es zu spät. Zusammen mit den anderen Brüdern stellt er sich dem anrückenden Pöbel entgegen und verschafft mir so vielleicht noch etwas Luft.

Wie aber bringe ich nur die Botschaft und die Schatulle weg? Vielleicht sollte ich nach unten gehen und mich dem Mob ausliefern. So könnte ich Schlimmeres verhindern. Allein, mir fehlt die Kraft dazu...

Wie lange ich benommen vor der Hütte kauerte? Ich weiß es nicht.

Irgendwann hörte dieses schamlose Stöhnen im Inneren auf und es blieb einige Zeit still. Nur der Ruf einer Eule, die irgendwo über mir in den Bäumen saß, durchbrach die quälende Stille.

Dann vernahm ich das säuselnde Flüstern der beiden Liebenden. Die Hure wisperte etwas, was ich nicht verstehen konnte. Und Hauke lachte. Er lachte aus vollem Hals. Es war ein gemeines, ordinäres Lachen. So, als verspottete er seinen Glauben – und mich!

Ich ertrug es nicht. Das war zu viel. Ich presste mir die Hände an die Ohren und brüllte wie ein Tier in das Dunkel der Nacht hinein. Alle Verzweiflung, alle Trauer und Trostlosigkeit verschaffte sich in diesem Schrei Luft.

Plötzlich riss jemand die Tür der Hütte auf...

*

Sie stehen vor meiner Kammer!

Also ist der Widerstand gebrochen. Meine armen Brüder! Ich hoffe nur, man hat sie nicht allzu übel zugerichtet.

Wuchtige Schläge lassen die Tür erzittern. Wie lang mag sie halten? Die schmale Treppe endet direkt vor meinem Zimmer. Der Mob wird es schwer haben, in dem engen Vorraum das dicke Eichenholz mit Gerät zu zertrümmern. Der Eisenriegel, den ich vorgeschoben habe, wird mir noch etwas Zeit verschaffen. Nur für meine Botschaft ist es zu spät.

Meine Nachricht und die Schatulle werden dieses Kloster niemals verlassen. Mein Brief an Willem – er ist nutzlos geworden. Ins Feuer damit! Allein mein kleines Kästchen bleibt mir noch als Trost in dieser schweren Stunde.

Mörderische Schreie dringen durch die Tür. Ich soll herauskommen. Niemals! Sollen sie mich doch holen, wenn sie mich strafen wollen. Gott weiß, ich habe nichts Unrechtes getan.

Der Zimmermann schreit nach Rache. Dieser elende Heuchler! Reent sollte dankbar sein. Denn ich habe seinen Sohn errettet!

*

Durch einen Schleier von Tränen sah ich Hauke, der ungläubig auf mich herabblickte. Er sprach kein Wort, aber in seinen Augen stand große Scham – und nackte Angst.

Meine bebenden, vom Rotz getränkten Lippen formten nur ein Wort: „Warum?"

Hauke senkte den Blick. Noch immer sagte er nichts, aber ich spürte, wie er mit sich rang, wie ihn mein jämmerliches Bild bemitleidet haben musste.

Ich schöpfte neue Hoffnung.

Auf allen vieren kroch ich auf ihn zu, umklammerte seine Fersen und flehte ihn inständig an: „Kehr' um. Noch ist es nicht zu spät. Ich werde dir den rechten Weg leuchten."

War da nicht ein verlegenes Räuspern? Hatte ich trotz des fahlen Mondlichtes nicht eine gewisse Niedergeschlagenheit, ein Zeichen von Reue in seinen Augen gesehen? Ja, ganz gewiss!

Hauke würde sich besinnen. Er würde ins Kloster zurückkehren und bald schon meinen Platz einnehmen. Alles würde sein wie immer. Hauke würde mich nicht enttäuschen.

„Es hat keinen Sinn, mein Abt. Ich habe mich entschieden."

Haukes Worte waren wie Peitschenhiebe, die sich quer über meinen Leib zogen.

„Ihr ward mir ein guter Lehrer, aber ich habe erkannt, dass ich mein Leben nicht länger in Klostermauern fristen möchte. Die Liebe ist meine neue Offenbarung."

Sein Geständnis raubte mir alle Sinne. Ich wand mich auf dem Boden in unsagbarer Pein, heulte und wimmerte. Wie ein Ertrinkender klammerte ich mich an einen Holzblock, der vor der Hütte stand und auf dem die Waid- und Forstmänner ihre Werkzeuge ablegten.

Und dann sagte Hauke etwas, das mir jede Hoffnung auf seine Rückkehr und mein Seelenheil ein für allemal raubte:

„Ihr könnt mich nicht mehr erreichen. Ich bin ganz tief in ihrem Herzen", sprach er und deutete auf die Hütte hinter sich, „Niemand mag uns jemals trennen. Selbst Gott nicht."

Oh, wie sehr Hauke sich irrte.

Noch während er sprach, ertastete ich auf dem Holzblock kalten Stahl unter meinen Fingern.

Alle Trauer, aller Schmerz war plötzlich von mir gewichen. Ich stand auf, griff eher beiläufig das kleine Beil und das verrostete Jagdmesser auf dem Holzblock, und ging auf Hauke zu.

Ungläubig starrte er auf die Werkzeuge in meiner Hand und wich vor mir zurück. Seine Augen waren starr auf mich geheftet, als er mit dem Rücken gegen die Wand der Hütte stieß. Doch ich beugte mich vor, küsste wie zum Abschied seine Stirn und sprach: „Gott wird dir vergeben, mein Sohn."

Dann begann ich mein Werk, das mir so viel Befreiung verschaffen sollte.

Das Beil spaltete Haukes Brust und während ein warmer Schauer mein Gesicht benetzte, trieb ich das Messer in die klaffende Wunde – ganz tief in seinen Leib, dort wo sein Herz schlug, in dem sich diese Schlampe versteckt hatte.

Ich presste Haukes Mund zu. Er konnte nicht einmal mehr schreien. Sein gebrochener Blick war in den dunklen Nachthimmel gerichtet. Er schaute in das Antlitz des Herrn.

Tiefe Dankbarkeit erfüllte mich, als ich seinen zusammengesackten Leib in den Armen hielt. Eine wohlige Wärme breitete sich in mir aus – oder war es nur das dampfende Blut meines Schülers, das sich in meine Kutte sog?

Ein gellender Schrei riss mich aus meinen Gedanken. Langsam ließ ich Haukes Leichnam zu Boden gleiten und trat durch die Tür der Hütte.

Auf dem Lager kauerte diese blasse Dorfhure und blickte mich mit irren Augen an.

Ich atmete tief durch. Mein Werk war noch nicht vollendet.

*

Ein Spieß bricht durch meine Tür.

An der Spitze einer langen Lanze schiebt sich eine scharfe Klinge durch das Holz und stochert in den Raum. So, als ob sie nach mir sucht.

Die Scharniere sind geborsten. Der Riegel hält dem Ansturm tapfer stand, doch ich fürchte, auch er wird gleich nachgeben.

Eines ist gewiss: Sie werden keine Gnade walten lassen. Ihre kalten Mordwerkzeuge werden mich in Stücke reißen. Es wäre ein leichtes, diesem unwürdigen Tod mit einem Sprung aus meinem Fenster zuvorzukommen. Doch mein Glaube und mein Stolz verbieten mir das.

Irgendwann werden auch die Menschen im Dorf begreifen, dass es nur zu ihrem Guten war. Ein Exempel für das hohe Gebot der Keuschheit und Wahrhaftigkeit haben sie erleben dürfen.

Haukes Worte hallen in meinem Kopf: „*Ihr könnt mich nicht mehr erreichen. Ich bin ganz tief in ihrem Herzen.*"

Du, Narr. Dachtest du wirklich, du könntest mir entkommen? Mit dieser Dorfschlampe entfliehen und deiner Bestimmung entgehen?

Oh, nein. Dein Herz bleibt bei mir. Für immer.

Ich wünschte, mein Freund Willem hätte es noch erblickt, sich von seiner Reinheit überzeugt und die Brillanz dieses Geistes spüren können. Aber er wird die Schatulle jetzt nicht mehr bekommen.

Mir bleibt noch ein letzter Augenblick. Bis zum letzten Atemzug will ich Haukes Herz an mich pressen und es liebkosen. Ja, ich will es küssen und kosten. Bissen für Bissen werde ich mit meinem geliebten Hauke eins werden.

Und niemand mag uns jemals trennen!

# *Zieglerzorn*

*Mit dem Bündel auf dem Nacken*
*und Bündel Scheine in den Jacken*
*Kommt im Herbst der Zieglermann*
*vergnügt in seinem Dorfe an...*
*(frei nach einem lippischen Zieglerlied)*

*Zum Wohl, Lucas! Lass' uns feiern. Morgen ist die Arbeit getan, dann verlassen wir die Ziegelei und brechen wieder auf in unsere Heimat. Ich hebe mein Glas und trinke mit dir.*

*Ein letztes Mal. Denn ich habe mir geschworen: Noch in dieser Nacht wirst du in der Hölle schmoren! Warum hast Du mein Glück zerstört? Ich verfluche dich. Ich verfluche den Tag, an dem die Werber in unser Dorf kamen…*

Sie kommen jeden Winter, um Arbeiter für ihre Ziegeleien im Norden zu suchen. Es ist harte Arbeit. Hart wie der Klinkerstein, den sie hier in ihren Öfen brennen. Die Bezahlung ist bescheiden – doch für viele die letzte Hoffnung. Denn in meiner Heimat gibt es weder Lohn noch Brot für uns. Das Land ist ausgeblutet. Ich muss es wissen. Ich bin der jüngste von vier Brüdern. Mutter starb bei meiner Geburt. Vater mühte sich über Jahre redlich, doch er konnte uns irgendwann nicht mehr durchbringen – und nahm sich schließlich den Strick. So ging jeder von uns Brüdern seine eigenen Wege und ließ sich vom Schicksal treiben. Ich wanderte von Dorf zu Dorf. Not und Hunger zerrissen mich. Und als der Winter hereinbrach, war ich dem Tode näher als dem Leben. Doch dann traf ich Lucas. Auch er war von Armut gezeichnet, aber er half mir und teilte jeden Bissen. Gemeinsam suchten wir Arbeit. Vergebens. Hier hat man nicht auf uns gewartet. Doch oben, an den Flüssen im Norden, brauchen sie jeden Mann. Dort gibt es viele Ziegeleien, in denen Klinker gebrannt werden. Sie haben dafür kaum Arbeiter in ihrem kargen Land. Und so zieht der Frieslandbote durch unsere Gegend und sucht tüchtige Männer. Er vermittelt die Arbeiter und handelt die Kontrakte mit den Ziegeleien aus. Natürlich bleibt für ihn auch ein stolzes Sümmchen unterm Strich übrig. Sei' s drum. Man hat keine Wahl. Und doch gingen wir lange leer aus. Denn zu groß ist die Konkurrenz.

An einem Tag im Dezember kam Lucas aufgeregt in unser Lager. Ein Bote sei ins Dorf gekommen, berichtete er. Er suche Männer für den Ziegelbrand. Das war ungewöhnlich. Meistens ließen sich die Werber nur in den größeren Städten blicken. Schnell folgte ich meinem Gefährten in den Gasthof, wo sich der Werber aufhielt. Er war ein kräftiger, bärtiger Kerl mit unverkennbar norddeutschem Akzent. Für ein Werk in Friesland sei er auf der Suche nach ledigen Lipperländern, die harte Arbeit nicht scheuten, verkündete der Mann, der sich Kohler nannte. Im Gegenzug versprach er gute Bezahlung nach Ende der Saison, freie Kost und Logis. Der Lohn, den er nannte, ließ aufhorchen. Das war deutlich mehr als andere zahlten. Sein Herr verlange dafür jedoch tüchtige Arbeit, betonte Kohler.

Wir unterschrieben den Kontrakt, ohne zu zögern. Schnell fanden sich andere, die es uns gleichtun wollten. Kohler achtete penibel darauf, dass nur starke, ledige Männer auf die Liste kamen. Sein Herr wolle die üblichen Abgaben für Familienkassen und Genossenschaften sparen, erklärte er. Und wir mussten uns verpflichten, zwölf Brände in der Saison zu schaffen. Üblich seien zehn, so der Werber. „Ihr werdet auf den Knien nach Hause kriechen“, grinste Kohler schief, „keine Mannschaft vor euch hat das Pensum geschafft und ist im Folgejahr zurückgekehrt.“ Wir ließen uns davon nicht beirren. Im Frühjahr sollte unsere Arbeit beginnen. Kohler vereinbarte mit uns einen Treffpunkt im Friesenland, wo er uns abholen und zur Ziegelei geleiten wollte. Dann verabschiedete er sich. Lucas und ich blieben in der Gaststätte – und feierten ausgiebig. Es ist wohl das letzte Mal gewesen, dass ich mit meinem Gefährten so ungetrübt zusammensaß.

*Lucas... Was hast du dir dabei gedacht? Wir hätten es zu etwas bringen können. Gemeinsam. Doch du wolltest alles und gönntest mir nichts. Dafür wirst du heute Nacht bezahlen!!*

Als der März gekommen war, trafen wir uns an einem Morgen wieder vor dem Gasthof, um unsere Reise in den Norden anzutreten. Sechs Mann hatte der Bote angeheuert. Alles junge Kerle, aber auch ein alter Meister war darunter. Ein Witwer aus dem Nachbarort. Unser Ploeg war komplett, die Mannschaft, die auf der fernen Ziegelei Hand in Hand arbeiten würde.

So schulterten wir unsere schweren Pucken, in denen Proviant, Decke und Arbeitskleidung steckten, und machten uns auf den Weg. Der Marsch war beschwerlich. Sieben Tage lang führte er uns über steinige Wege, durch Regen und Wind. Es ging nur mühsam voran. Auf den zwei letzten Tagesetappen folgten wir dem Fluss, der uns nach Norden führte. Das Land war weit und rau. Der alte Meister kannte die Gegend. Er war schon vor Jahren im Friesenland gewesen, um hier zu arbeiten. Am Abend des siebten Tages erreichten wir am Fluss eine kleine Stadt mit dem Namen *W.* Hier, am Hafen des Ortes, wollte uns der Werber abholen. Auf einem Platz neben einem Anleger nahmen wir unsere schweren Bündel ab, um uns nach dem langen Weg auszuruhen. Im Wasser lagen flache Schiffe, die mit Torf beladen wurden. Kräftige Frauen schleppten große Körbe an Bord. Fischer stopften ihre Netze. Vor einem Haus saßen zwei alte Männer auf einer Bank und schmauchten ihre Pfeifen. Sie warfen uns misstrauische Blicke zu.

Lucas zog eine Flasche Korn und ein Glas aus seinem Pucken. Das hatten wir uns verdient. Der Schnaps hatte gerade die Runde gemacht, als ein lautes Poltern ertönte. Ein Wagengespann bog um die Ecke. Auf dem Kutschbock saß der Werber Kohler. Freudig begrüßte er uns: „Hattet ihr eine gute Reise? Kommt! Es ist alles hergerichtet. Mein Herr erwartet euch!“

Wir warfen die Pucken aufs Gespann und kletterten hinauf. Rumpelnd fuhr der Wagen an. Die kleine Stadt lag bald hinter uns und wir fuhren durch Wiesen und Getreidefelder. Die Sonne senkte sich über dem Land herab, und die wenigen Bäume am Wegesrand warfen lange Schatten. Der Weg wurde bald unwirtlicher. Der Gaul quälte sich durch morastigen Grund, ein kräftiger Wind blies uns entgegen. Der Pfad führte zu einer leichten Anhöhe in der Ferne, auf der ich die Umrisse von Gebäuden erkennen konnte. „Das ist das Gut meines Herrn, da müssen wir hin!“, schrie Kohler gegen den Wind an. Der Gaul nahm noch einmal alle Kräfte zusammen, dann hatte er die Steigung bezwungen und wir rollten auf einen großen Platz zu. Mittlerweile war es dunkel geworden. Der Hof machte einen herrschaftlichen Eindruck, auch wenn er auf mich etwas ungepflegt wirkte. Rechter Hand konnte ich einige Hütten erkennen, etwas abseits im Feld stand ein rechteckiger Klinkerbau mit gemauerten Bögen. Der Ofen. Die Ziegelei. Unsere Arbeitsstätte.

Die Tür ging auf – und der Hofherr kam aus dem Haus. Er hieß Carl. Ein hagerer, ernster Mann mit wach funkelnden Augen. Von Kohler erfuhren wir, dass er seit Jahren allein mit seiner Tochter und dem Gesinde hier lebte. Seine Frau sei früh gestorben. An Kindbettfieber. Ich hatte gleich tiefe Sympathie und Mitleid für den Mann, denn ich musste an meine Mutter denken, die dasselbe Schicksal erlitten hatte. Die Ziegelei sicherte dem Hofherren die Existenz. Seine Klinker waren sehr begehrt. Vor allem der „blaue Brand", ein besonders fester, harter Stein, der immer zum Abschluss der Saison gebrannt wurde, fand großen Absatz. Man sagte, der Klinker habe eine besonders hochwertige Kleimischung. Die Ansprüche des Hofherrn an sein Produkt waren groß. Und bisher habe sie niemand vollends befriedigen können, sagte Kohler. Deshalb suchte sein Herr ständig nach Arbeitern, die seinen blauen Brand zur Vollendung brachten. Als Carl vor sein Haus trat, grüßte er uns höflich und wies auf die geöffnete Stalltür. „Ihr müsst müde und hungrig sein. Lasst es euch gut gehen", wünschte er. In dem Stall waren Tische und Bänke aufgestellt, und ein üppiges Mahl mit viel Fleisch und Wein erwartete uns. Wir stürzten an die Tafel und schlemmten gierig. Carl nahm am Kopf des Tisches Platz und lächelte gütig. Ich habe lange nicht so gut gegessen. Grinsend prostete ich Lucas zu. Endlich hatten wir unser Glück gefunden.

„Noch Wein?“ Eine sanfte Stimme ließ mich innehalten. Ich drehte mich um – und sah Augen, in denen das Meer zu wogen schien und Lippen, die so rot waren wie die Rosen in meiner Heimat. Das Mädchen vor mir senkte verlegen den Kopf und hielt mir den Krug entgegen. Was für eine Schönheit! Mein Blick blieb wohl zu lange an ihr hängen, denn Lucas räusperte sich laut und schob seinen Becher zwischen uns. „Wenn mein Freund auch nicht will… ICH hätte noch gern einen Schluck“, sprach er. Und irgendetwas in seiner Stimme und in seinem Blick missfiel mir zutiefst.

*Ich hätte es wissen müssen! Du hast von Anfang an ein Auge auf sie geworfen. Ich war blind vor Liebe – und lief in mein Verderben. Du hast mir mein Glück geraubt! Dafür wirst du büßen, Lucas! Es ist alles vorbereitet. Trink, mein Freund. Trink! Genieß dein letztes großes Fest. Heute Nacht werde ich meinen Zorn in deinem Blute kühlen...*

Nach dem herzlichen Empfang und der köstlichen Bewirtung verblieb nur eine kurze Nacht. Schon um halb fünf am Morgen riss uns der Ruf des Werbers aus dem Schlaf. Man hatte unser Ploeg auf zwei Hütten verteilt, ich schlief in einer Bude mit Lucas und unserem Meister. Nach einem starken Kaffee standen wir bereits um fünf auf dem Feld. Kohler hatte nicht übertrieben. Es war eine verdammte Plackerei. Mit Karren holten wir den Klei vom Land herbei. Er musste zermahlen, gepresst und dann mit der Hand in Holzformen gestrichen werden. So schufen wir Rohlinge, die wir an der Luft trockneten und dann für den Brand vorbereiteten. Der Ofen neben dem Hof fasste nur 7000 Steine. Das war nicht besonders viel, wie mir unser erfahrener Meister verriet. Nun verstand ich, warum der Hofherr auf zwölf Brände bestand. Nur so kam er auf eine ertragreiche Stückzahl.

Die Tage waren lang und laugten uns aus. Erst am Abend um sieben durften wir wieder in unsere Hütten. Doch unser Herr versorgte uns gut und gewährte uns drei Mahlzeiten am Tag. Brot mit Speck und Wurst, ein kräftiger Eintopf und Kaffee stärkten uns für die harte Arbeit. Und ich freute mich besonders auf das Mittagsmahl, denn dann kam die Tochter meines Herrn aufs Feld, um uns Speis und Trank zu bringen. Jedes Mal, wenn sie mit gesenktem Kopf an uns herantrat, war es wie an dem ersten Abend, als ich sie sah. Inzwischen wusste ich: Sie hieß Kea und war etwas jünger als ich. Auch sie schien erfreut, wenn sie mich erblickte. In den kurzen Momenten unserer Begegnungen wechselten wir nur wenige Worte, doch dafür umso mehr Blicke. Blicke, die viel versprachen.

Es war an dem Abend vor dem ersten Brand. Der Ofen war gefüllt mit unseren Rohlingen aus Klei und der alte Carl hatte zum Fest geladen, um dieses Ereignis zu feiern. Wieder saßen wir gesellig beieinander im Stall; tranken, speisten und lachten. Ich hatte nur Augen für Kea, die um unsere Runde strich, den Krug in der Hand. Auch ihr Blick wanderte immer wieder zu mir. Und auf einmal, als sie mir meinen gefüllten Becher reichte, strichen ihre Finger ganz sanft über meine Hand. Als meine Gefährten zu später Stunde mit schnapsvernebeltem Verstand zu ihren Hütten wankten, war ich allein mit ihr im Stall.

Der alte Carl hatte sich längst zur Ruhe gebettet und auch der Werber Kohler war früh gegangen, um sich für den morgigen Tag zu rüsten. Kaum hatte der letzte Ziegler den Raum verlassen, schlang Kea ihre Arme um meinen Hals und küsste mich, dass es mir den Atem raubte. Hastig zog sie mich in die Ecke des Stalls, in der eine Karre stand. Sie setzte sich auf den Rand, streifte mir das Hemd über den Kopf und zog mir mit einem Ruck die Hose herunter. Ich keuchte. Das ging schnell. Zu schnell? „Komm, Ziegler. Zeig' mir, was Feuer ist – und wie hart ein Rohling darin werden kann", stöhnte sie und schob ihr Kleid hoch. Ich drang in sie ein und gab ihr Feuer, das selbst Steine zum Schmelzen brachte.

In der Nacht schlief ich schlecht. Auf meiner Haut und meinen Lippen spürte ich immer noch Keas Küsse. Und in meinen kurzen, wilden Träumen war sie mir so nah. Ich musste sie wieder fühlen. So schnell wie möglich. Ich verzehrte mich nach ihr.

Zur frühen Stunde hatten wir uns vor dem Ofen versammelt. Der Eingang war zugemauert. Links und rechts standen Berge von Torf, mit denen die Glut für den Brand entfacht wurde. Der alte Carl stand mit einer lodernden Fackel neben dem Ofen. An seiner Seite waren der Werber Kohler – und Kea. Sie lächelte zu mir herüber und ihre wasserblauen Augen funkelten lüstern. Eine wohlige Hitze breitete sich in mir aus. Feierlich erhob Carl die Stimme: „Gott segne Euer ehrbares Handwerk. Auf dass Euer Schaffen fruchtbar sei und wohl gerate. Gut Brand!" Dann steckte er die Fackel in eine Öffnung im Mauerwerk – und bald trat grauer Rauch aus dem Ofen. Wochenlang würde sich nun das Feuer durch den Ofen fressen und die Rohlinge würden in der Glut erstarken.

Auch das Feuer in mir loderte unentwegt. So oft es ging, traf ich mich mit Kea. In der Mittagsstunde, während die anderen schliefen oder schmauchten, saß ich mit ihr meist etwas abseits des Feldes im hohen Gras und wir verabredeten uns für den Abend. Wenn ich mir sicher war, dass der Meister nicht in der Nähe war, küsste ich sie schnell. Während meine Gefährten dann, vom Tagwerk ermattet, am Abend müde in ihre Lager krochen, verließ ich noch einmal die Hütte und ging hinunter zum Fluss. Hier an der Weide neben der Muhde, wo die Lastenkähne die fertigen Ziegel holten, traf ich mich mit Kea. Wir liebten uns hart und hastig, weil sie schnell zurück musste, um nicht den Argwohn ihres Vaters zu erwecken. Und obwohl mir die Arbeit des Tages in den Knochen steckte, fühlte ich mich voller Kraft und Feuer. Doch wenn sie ging, wurde es schnell kalt. Lucas musterte mich immer mit genussvollem Grinsen, wenn ich am Abend leise in die Hütte schlich. Aber er sagte nichts.

Die Monate gingen ins Land. Brand folgte auf Brand. Und immer wieder karrten wir die fertigen Ziegel zur Muhde am Fluss, wo sie verschifft wurden. Die Arbeit wurde noch beschwerlicher. Unser Herr verlangte noch mehr Ziegel und drängte auf den „Blauen Brand“, der ihm so viel Geld brachte. Er kürzte die Pausen, aber er versprach uns mehr Lohn am Ende der Saison zu zahlen. Es wurde schwieriger, Kea zu treffen. Am Abend war ich oft so zerschlagen, dass ich keine Kraft mehr fühlte, ans Ufer zu gehen. Auch Kea selbst fand immer weniger Zeit, mich zu sehen. Ihr Vater sei misstrauisch geworden, sie wolle kein Risiko eingehen, sagte sie. Und ich glaubte ihr. Bis zu dem Tag, als Lucas am Abend aus der Hütte schlich. Leise, wie ein Dieb in der Nacht.

*Verdammter Hurensohn! Eiskalt hast du auf die Gelegenheit gewartet. Wie ein hungriger Wolf auf seine Beute. Ich habe dich wie einen Bruder geliebt! Trink schön weiter. Gönn es dir. Noch bevor der Tag erwacht, wirst du tot sein. Ich werde dir meine Klinge zwischen die Rippen schieben. Ganz langsam...*

Kea ging mir aus dem Weg. Am Mittag blieb sie nur kurz, um uns zu versorgen. Wenn ich sie ansprechen wollte und ihre Hand festhielt, schüttelte sie nur hektisch den Kopf, riss sich los und ging mit gerötetem Gesicht fort. Ich dachte zunächst, es sei die Angst, ihr Vater könne uns auf die Schliche kommen. Aber dann sah ich einmal, wie sie Lucas sanft die Wange strich, als sie an ihm vorbeiging. Es traf mich wie ein Schlag in den Magen. Nein, Kea. Nicht Lucas!

Immer wieder verließ mein Gefährte am Abend die Zieglersiedlung und schlich sich runter zum Fluss. Ich folgte ihm nie. Ich hatte Angst davor, der Wahrheit ins Gesicht zu schauen, zu sehen, wie sich Kea von ihm stoßen ließ. Wenn er zurückkehrte, stellte ich mich schlafend. Wohlig räkelte er sich auf seinem Lager, seufzte zufrieden. Dieses Schwein! Am liebsten wäre ich aufgesprungen und hätte ihm die Scheiße aus dem Leib geprügelt. Aber ich musste mich zusammenreißen. Noch. Ich würde meine Rache bekommen. Bald.

*Wir feiern. Ein letztes Mal. Morgen werden wir noch einmal den Ofen entfachen. Für den „Blauen Brand." Und danach geht es in die Heimat. du wirst sie nicht wiedersehen, Lucas. Und auch nicht Kea. Heute Nacht wirst du für deine Demütigungen bezahlen! Carl ist ein guter Gastgeber. Er bewirtet uns reichlich an diesem Abend mit Speis und Trank. Auf dem Rost brutzelt leckeres Schweinefleisch. Was für ein Schmaus! Gerade lässt Carl Korn für alle ausschenken. Selbst gebrannt, sagt er. Wie unsere Ziegel. Ein Teufelszeug! Morgen werden wir endlich mit Carl abrechnen. Wir haben hart gearbeitet und gutes Geld verdient in all den Monaten. Einen Lohn aber kann sich unser Herr dann sparen. Es ist schade, Lucas, dass du so besoffen bist. Wahrscheinlich wirst du gar nichts merken. Wenn alle schlafen, werde ich mit dir zum Fluss hinuntergehen und dir die Eingeweide rausschneiden. Und wenn du endlich tot bist, werde ich deinen stinkenden Leib im Fluss versenken. Steine liegen noch genug da herum. Ich muss nur aufpassen, dass ich nicht selbst zu viel von diesem Schnaps saufe und kühlen Kopf bewahre. Dieses Gesöff ist stark. Unglaublich stark. Die Flammen unter dem Rost tanzen wild. Es dreht sich alles...*

*

*Ich erwache. Es ist finster um mich herum. Tiefste Nacht. Zum Teufel! Ich habe es verschlafen... Der Schnaps war zu stark! Neben mir stöhnt und hustet jemand. Es ist Lucas. Ich versuche mich aufzurichten, doch mein Kopf dröhnt. Ich rieche Rauch und Fleisch. Es muss noch brutzeln auf dem Rost. Immer noch? Neben mir spüre ich...Leiber. Leblose Leiber. Langsam lichtet sich der Schleier. Aber es bleibt finster. „Hallo!", rufe ich schwach. Und meine Stimme hallt seltsam. Ich höre ein dumpfes Scharren und Knirschen, wie durch eine Wand.*

*Ein Ruf ertönt: „Gut Brand!“ Das war Carl! Ich hebe meine Hand – und ertaste kalten Mauerstein. Schlagartig bin ich wieder bei Verstand. In der Mauer ist ein Loch, durch das ein Lichtstrahl dringt. Ich presse mein Auge davor – und sehe Carl, Kea und den Werber Kohler! Kalt und entschlossen sind ihre Mienen. Carl hebt die Fackel. Der Satan hat uns im Ofen eingemauert! Deshalb ist nie eine Mannschaft hierher zurückgekehrt... Carl hat sie alle um Lohn und Leben gebracht! Das ist das Geheimnis vom „Blauen Brand.“.. Wir werden alle brennen – mit den Ziegeln!*

*Zünde, zünde – Feuerstein!*
*Blas' der Glut das Leben ein.*
*Lass' die Flammen wüten, wallen...*
*und in ihre Leiber krallen,*
*Verschlinge sie bis aufs Gebein,*
*zünde, zünde – Feuerstein...*

*(Kai Kurgan)*

# *Mahlzeit*

Das Gebälk knirschte und knarrte. Es war, als ächzte die Mühle unter den Mühen der schweren Arbeit, die sie verrichtete. Die Ruten schwirrten träge im Kreis – wie die Schwingen eines riesigen schwarzen Vogels, der auf der Kappe hockte und mit den Flügeln schlug. Mit tiefem Brausen durchschnitten sie die Luft, und das rotierende Flügelkreuz warf im Mondlicht lange Schatten auf den Klinkerplatz vor der Mühle.

Es war Mahlzeit. Der alte Müller Beene zog kräftig an den rasselnden Ketten und drehte die Kappe in den Wind. Er warf dabei einen Blick durch die schmutzige Scheibe nach draußen und sah die Schwingen vorbeirauschen. Schwarze Wolken zogen vor den Vollmond und dicke Tropfen hämmerten gegen das Glas. Schon bald goss es in Strömen.

Obwohl er in seiner Arbeit sehr vertieft war, glaubte Beene plötzlich, aus dem Augenwinkel einen Schatten über den Mühlplatz huschen zu sehen. War da wer? Angestrengt starrte er in die Dunkelheit. Man konnte nie wissen. Dies war ein unruhiger Flecken. Hier passierte ständig etwas. Doch Beene konnte nichts erkennen.

Der Wind blies kräftig und trieb die Flügel an. Die Mühle kam auf Touren, und ein Rumpeln und Rattern erfüllte den Raum. Zufrieden rieb sich Beene die Hände. Er würde mit dem zweiten Durchgang bald fertig sein. Wenn das Wetter ihm nicht noch einen Strich durch die Rechnung machte.

Der Mahlstein kreiselte. Unruhig, rumpelnd, aber beharrlich. Beene stützte sich mit seinen Händen auf den Knien ab und beäugte mit prüfendem Blick das Gestänge, das aus der Decke über ihm kam. Feines, weißes Pulver rieselte aus dem Mehlrohr in einen offenen Sack, der darunter stand.

Plötzlich ertönte ein lautes Poltern in der Mühle.

Eine Faust hämmerte gegen die schwere Tür im Erdgeschoss. Beene hielt inne. Wer kam so spät noch vorbei? Und dann bei diesem Wetter? Der Bäcker konnte es nicht sein, der hatte seine Mehlration bereits abgeholt. Vielleicht sein Nachbar? Metzger Schwenk? Nein, viel zu früh. Der war mit der Arbeit sicher noch nicht fertig, um sich seinen Feierabend-Schnaps abzuholen. So wie er es jeden Tag tat.

Unaufhörlich pochte die Faust weiter gegen die Tür.

Beene schnaufte missmutig und stapfte die Holztreppe hinab. Tiefe Trittmulden hatten sich in die Stufen eingegraben und zeugten vom hohen Alter der Mühle. Schwankenden Schrittes, aber dennoch mit einer federnden Leichtigkeit, machte sich der wohlbeleibte Müller auf den Weg nach unten. Dort zögerte er. Beene dachte an den Schatten, den er eben glaubte gesehen zu haben und ein unruhiges Kribbeln machte sich in seinem Bauche breit.

Das Pochen wurde heftiger. Drängend. Fordernd. Der Müller fasste sich ein Herz. „Joooo!“, grollte Beene, schob ruckartig den Riegel zur Seite und riss die Tür des Achtkants auf.

Zwei triefende und frierende Gestalten standen vor ihm. Mit verkniffenen Mienen rückten sie auf die Schwelle zu, um schnell ins Trockene zu gelangen. Doch der massige Leib des Müllers verhinderte jegliches Durchkommen. Jetzt, im fahlen Schein der Lampe, die an der Tür hing, konnte Beene die Besucher genau erkennen. Es waren der Dorfschulze Bremer und der Polizist Mensen. Was hatten die hier um diese Zeit verloren?

„Wat gifft?“, blaffte Beene barsch – und die beiden Besucher wichen einen Schritt zurück. Sie boten einen jämmerlichen Anblick: Das Wasser lief ihnen aus den Ärmeln ihrer Mäntel und aus den Hosenbeinen heraus. Mensen, der spindeldürr war und eine riesige Geiernase hatte, musste andauernd niesen. Bremer tippelte nervös von einem Fuß auf den anderen. Immer wieder blickte er grimmig nach oben und sandte leise Flüche in den Himmel.

Er versuchte, eine Akte unter seinem Mantel zu verbergen, um sie so vor dem Regen zu schützen. Vergeblich. Ein dünner Rinnsal floss aus einer Ecke des Ordners auf den Boden. Beene grinste breit. Sollten sie ruhig noch etwas warten. Er hatte Zeit.

Der Dorfschulze fluchte und murmelte irgendeine Unverschämtheit in seinen grauen Ziegenbart. Beene verstand nur noch das Wort „Mehlsack!“ und hob daraufhin drohend die Hand. Bremer duckte sich, und Mensen baute sich schützend vor seinem Begleiter auf.

„Na, na, na!“, tadelte er. „Wer sich an der Obrigkeit vergreift, begeht ein schweres Delikt!“

Der Müller stemmte die Fäuste in seine Hüften und schob Mensen mit seiner Wampe noch ein Stück weiter hinaus. In den Regen. „Wat wullt du?“, polterte er unwirsch. Mensen stellte sich verängstigt hinter den Dorfschulzen.

Bremer versuchte, so gut es ging angesichts der misslichen Lage, ganz offiziell und amtlich zu wirken. Er stand stramm, mit durchgedrücktem Kreuz und triefend nass vor dem Müller, die völlig aufgeweichte Mappe unter seinen linken Arm geklemmt.

„Wir kommen in einer wichtigen Angelegenheit. Und es wäre besser…“, er blickte noch einmal sorgenvoll in den Himmel, „wenn wir das unter sechs Augen besprechen könnten. Drinnen.“

Beene musterte die beiden Amtsherren spöttisch, dann trat er einen Schritt zur Seite und machte Platz. Schnell schlüpften die beiden Männer hinein.

Saut mi nix in. Und passt up, dat“… Ein hohler Schlag wie von einer großen Glocke unterbrach den Einwurf des Müllers. „Au, Saterdag! Verflixt!“, Mensen rieb sich die Stirn, mit der er gerade gegen einen der tiefstehenden Balken geschlagen war. Der Aufprall musste heftig gewesen sein, benommen taumelte der Polizist durch den Raum. Dann verdrehte er die Augen. Beene auch.

Der Dorfschulze eilte zu seinem Begleiter. Erschrocken legte er die Hände vor den Mund. Auf der Stirn des Polizisten wuchs in Sekundenschnelle ein wuchtiges Horn heran. Tiefrot. Es wucherte und pochte.

„Was ist?“, fragte Mensen in Panik, doch Bremer schwieg, um seinen Gefährten nicht zu beunruhigen.

Seufzend griff Müller Beene in das Regel neben sich und zog einen Pott heraus. Er schraubte den Deckel ab, steckte seine dicken Finger in das Behältnis und zog sie wieder heraus, während er sich vor Mensen aufbaute. Dieser wich angstvoll einen Schritt zurück. „Nein“, jammerte er. Von den Fingern des Müllers tropfte eine grün-gelbe, übel riechende Flüssigkeit.

„Holl still!“ Beene packte mit der linken Hand das schmale Gesicht des Polizisten und schmierte ihm die Paste mit der anderen quer über die Stirn. Mensen wehrte sich nicht, doch er wimmerte leise vor sich hin.

Als der Müller sein Werk beendet hatte, stellte er den Topf wieder in das Regal.

„Was ist das? Das brennt!", Mensen tastete sich an die Stirn, Tränen standen ihm in den Augen.

„Nicht kratzen. Dat hört futt up!", versprach Beene.

Dorfschulze Bremer zog die Mappe hervor und ergriff das Wort. „Werter Herr Müller. Wir sind hier wegen einer amtlichen Befragung. Kennt Ihr…, kennt Ihr die Tagelöhner Johannes Busboom und Karl Bäumer?"

Beene grunzte verächtlich.

„Heißt das Ja?", bohrte Bremer nach.

„Jeder hier im Dorf kennt Joke und Kalle. Faules Pack! Nichtsnutze und Diebesgesindel!", schimpfte der Müller.

In der Tat: Die beiden Tagelöhner waren eine richtige Dorfplage. Sie klauten wie die Raben, kloppten sich wie die Kesselflicker und waren elende Schmarotzer. Sie stanken vor Faulheit - und auch vor Fusel, den sie schon am helllichten Tage in beachtlichen Mengen in sich hineinschütteten. Jeder im Dorf konnte ein Liedlein auf die beiden singen – und es war kein Ruhmeslied. Schon dreimal waren sie in Beenes Schuppen eingebrochen. Hatten Werkzeug und Mehl geklaut, das sie dann anderswo zu Geld gemacht hatten, um sich neuen Schnaps zu kaufen. Lange hatte der Müller arbeiten müssen, um den Verlust auszugleichen. Auch Beenes Nachbarn waren immer wieder heimgesucht worden. Metzger Schwenk hatten sie regelmäßig frische Wurst und andere Leckereien gestohlen. Die alte Amalia von gegenüber war schon mehrfach um ihr Erspartes erleichtert worden. Und Bäcker Schollermann hatten sie sogar das Backhaus angezündet – aus Wut darüber, dass sie nicht an seine Rumrosinen gelangt waren.

Besonders ärgerlich war: Nachweisen konnte man den Halunken nie etwas – obwohl es ein offenes Geheimnis war, dass sie die Übeltäter waren, und sie prahlten gar mit ihren Taten. Doch nun saßen die beiden endlich im Gefängnis.

Eingesperrt hatte man sie aber nicht etwa wegen der Diebstähle. Nein, es war ein hochnotpeinliches Ereignis an einem Sonntagmorgen vor vier Wochen gewesen, das das Fass zum Überlaufen gebracht hatte. Sturzbesoffen waren die beiden noch vor dem Kirchgang im Garten des Pastors gefunden worden. Offenbar hatten sie dort die Nacht verbracht. Kalle hatte laut schnarchend unter dem Apfelbaum gelegen. Joke hockte vor dem Baum, den Kopf gegen den Stamm gelehnt, aber trotz der unbequemen Haltung gleichfalls schlafend. Dieser Umstand als solcher hätte allein schon genügt, die beiden wegen Hausfriedensbruch einzusperren.

Doch es kam noch ärger: Als an besagtem Morgen die Gattin des Gottesmannes ans Fenster getreten war, um sich an den ersten Strahlen der Sonne zu laben, da erhob sich ein fürchterliches Gekreisch, das im ganzen Dorf zu hören war. Denn besonders delikat war, dass Joke offenbar beim Verrichten der Notdurft vom Schlaf übermannt worden war.

Und so hatte er mit heruntergelassener Hose an dem Baum gelehnt und sein breites, nacktes Gesäß direkt ins Küchenfenster des Pastorenhauses präsentiert. Ob des schamverletzenden Anblickes, der sich der armen Dame geboten hatte, war die Frau des Gottesmannes sogleich in Ohnmacht gefallen.

Nun konnte auch die Obrigkeit nicht mehr anders und hatte die beiden Taugenichtse in Gewahrsam genommen. Ein großes Aufatmen im Dorf hatte die Kunde von dem Arrest der beiden begleitet.

Aber irgendetwas schien jetzt nicht in Ordnung zu sein. Der Dorfschulze kritzelte unaufhörlich mit einem Bleistift in die Mappe.

„Wat is denn mit den beiden? Die sitzen doch im Knast", fragte Beene lauernd.

„Ich stelle hier die Fragen, Herr Müller", sagte Bremer und schrieb dabei unbeirrt weiter. Nach einer Weile fragte er:

„Wann habt Ihr die beiden zuletzt gesehen?"

„Keine Ahnung. Kurz bevor man sie eingelocht hat."

„Etwas genauer, wenn es geht."

„Hab' ja gesagt, weiß es nicht genau. An dem Freitag, bevor diese Sache im Pastorengarten war."

Bremer räusperte sich verlegen und schrieb weiter.

„Danach nicht mehr?"

„Nö", Beene zuckte mit den Schultern, „wäre gerne noch bei der Verhaftung dabei gewesen, um den feigen Joke was mit dem Brotschieber über seinen breiten Hintern zu donnern! Wat ist denn nun mit den beiden?", hakte er noch einmal nach.

Bremer drehte sich zu Mensen um, als erwarte er eine Erlaubnis von ihm, ob er die Dienstsache preisgeben dürfe. Doch der Polizist rieb sich stöhnend die Stirn und war ganz mit sich selbst beschäftigt. „Nun. Die zwei sind verschwunden. Seit vorgestern."

Beene runzelte die Stirn.

„Sie sind…ausgebrochen", peinlich berührt blickte der Dorfschulze zu Boden, „offenbar sind sie nach einer üblen Attacke auf den Wächter in den Besitz der Zellenschlüssel gelangt."

Meckernd lachte Mensen im Hintergrund: „Üble Attacke? Ha! Einfach so eingesackt haben sie die Schlüssel. Beim Skatkloppen mit dem Aufseher! Strumpelduun ist der Wächter vom Hocker gekippt! Und weg waren die beiden!“ Strafende Blicke trafen den geschwätzigen Polizisten, der sogleich verstummte.

Beene konnte sich ein Grinsen nicht verkneifen. Der Dorfschulze blickte ihn ernst an:

„Gebt Acht, werter Müller! Die beiden sind gestern hier ganz in der Nähe gesehen worden. Sicher suchen sie nach etwas Essbarem und Geld. Schließt die Mühle und die Kammern gut ab. Und falls Ihr die beiden sehen solltet…“

Meister Beene lächelte müde: „Keine Angst, ich werde nicht mit ihnen Karten spielen.“

Bremer klappte seine Akte zu und nahm wieder Haltung an.

„Nun gut dann. Seien Sie versichert. Wir werden die zwei finden. Sie können sich ja nicht so einfach aus dem Staub gemacht haben.“

Beene nickte stumm und geleitete die beiden zur Tür. „Wenn Sie Hilfe brauchen, fragen Sie. Ich halte Augen und Ohren offen“, bot er an. Heftige Schauer schlugen in die Mühlenkammer, nachdem der Müller den Riegel zur Seite geschoben hatte, um seine Besucher nach draußen zu lassen. Mit ähnlich verkniffenen Mienen wie bei ihrer Ankunft traten Bremer und Mensen ins Freie und eilten durch den Regen über den Mühlenplatz.

„Glück zu!“, rief ihnen Beene noch hinterher, doch die Dunkelheit hatte sie bereits verschluckt.

Er schob den Riegel wieder ins Schloss. Das kräftige Rumpeln des Mahlsteines hatte inzwischen aufgehört und wurde von einem feinen Schleifton abgelöst. Beene musste den nächsten Durchgang vorbereiten. Die Arbeit wartete nicht. Er stand bereits auf der Treppe, als es erneut an der Mühlentür pochte. Aber diesmal nicht hektisch, sondern kraftvoll. Bestimmt.

Beene drehte sich um und stieg die Stufen langsam wieder hinunter. Sollte er wirklich öffnen? Was wäre, wenn…? Das Pochen wurde eindringlicher. Sachte griff Beene nach dem Besen, der an der Wand lehnte. Man konnte ja nie wissen. Er war zu allem entschlossen.

Leise schlich er durch den Raum, blieb atemlos hinter der Tür stehen und lauschte. Nichts. Es war still. Nur der Wind pfiff durch die Ritzen und feiner Regen prasselte von außen ans Holz. Ganz vorsichtig schob Beene den Riegel wieder beiseite. Das Quietschen des Eisenstiftes im Schloss war selbst im Inneren kaum zu vernehmen. Dann riss er mit einem Ruck die Tür auf und hob den Besen hoch über den Kopf.

„He, Beene! Alles klar?"

Eine lange, dürre Gestalt stand vor dem Eingang und blickte Beene erschrocken an.

„Du bist es! Komm rein, Schwenk." Seufzend ließ der Müller den Besen wieder sinken. Der Metzgermeister zwängte sich durch die Tür. In der Hand hielt er einen Jutesack.

„Wen hast du denn erwartet?", fragte er den Müller.

„Ach, ich dachte, der Dorfschulze und sein Polizist hätten noch was vergessen", murmelte Beene, während die beiden gemeinsam die Treppe hinaufstiegen.

„Ach, bei dir waren sie auch?“, fragte Schwenk.

Grunzend zog Beene die Bremse und hielt die Mühle an. Prüfend blickte er durch das Fenster. Die Flügel kamen knarrend zum Stehen. Dann deutete er auf den Sack, den sein Nachbar mit sich führte: „Hast du mir was Feines aus deinem Laden mitgebracht?“ Er rieb sich die Hände.

Schwenk nickte eifrig. „Beste Qualität. Schön zerlegt. Fein gesäubert! Hab sie extra lange kochen lassen.“

Beene blickte zufrieden: „Gut, dann mach' ich hier weiter. Und du kannst schon mal draußen schauen.“

Schwenk ließ sich nicht zweimal bitten und trat durch die Luke ins Freie. Auf der Galerie der Mühle pfiffen ihm der Wind und der kalte Regen gnadenlos ins Gesicht. Vorsichtig tastete er sich über die knarrenden Bohlen vorwärts, bis er einen der Flügel erreicht hatte. Vorne flatterten die verdreckten Tuche der Bespannung. Als Schwenk einen Blick hinter den Flügel warf, lächelte er böse: Da hing, kopfüber, geknebelt und fest an der Rute verschnürt, ein Mann, der mit panischen Augen auf den Metzger schaute.

Schwenk zog eine grob geschliffene Klinge aus seinem Kittel hervor. Dann beugte er sich zu dem Gefesselten runter und flüsterte ihm ins Ohr: „So, Joke. Jetzt bist du dran.“

Joke rüttelte heftig an den Fesseln. Das Letzte, was er spürte, war die kalte Klinge an seinem Hals und dann war es ihm, als ob der Regen, der unaufhörlich über sein Gesicht lief, plötzlich ganz warm wurde. Die klamme Kälte, die schon seit Stunden in seinem Körper steckte, wich für einen Augenblick. Aber nur für einen Augenblick. Durch einen Schleier von Regen, Blut und Tränen sah er verschwommen, wie Schwenk einen Schritt zurücktrat. Dann begann die Mühle sich wieder zu drehen.

Im Inneren beugte sich Müller Beene fasziniert neben das Mehlrohr, aus dem unaufhörlich weißes Pulver rieselte. Über ihm rumpelte und krachte es ohrenbetäubend. Schwenk hatte recht: Sie waren vorbildlich zerlegt und gesäubert gewesen. Man hätte sie in die Suppe packen können. Beene war sich sicher: Niemand würde die beiden jemals wiederfinden. Sie hatten sich tatsächlich aus dem Staub gemacht.

# *Geros Rätsel*

Wie ein fauler Zahn ragte der alte Wehrturm in die Höhe. Mächtig. Düster. Umringt von kräftigen Eichen, in deren Kronen Scharen von Krähen nisteten. Auf den dicken Backsteinen wucherten Flechte und Moos. Zwischen den morschen Dachbalken gurrten Tauben. Und im feuchttropfenden Keller hatten es sich Ratten gemütlich gemacht. Zweifellos – das Steinhaus hatte schon bessere Tage gesehen…

Nur ein Raum des Häuptlingsheimes versprühte noch den Glanz alter Zeiten: das Wohngemach in der Mitte des Turmes. Wuchtige, filigran bemalte Möbel und Truhen füllten das Zimmer, und kunstvoll gewebte Teppiche schmückten die Wände. Auf dem Boden waren Felle ausgebreitet und ein prasselndes Kaminfeuer kämpfte tapfer gegen die durch alle Ritzen des Raumes eindringende Kälte. Am Ende einer langen Tafel, die auf mächtigen Füßen aus Eichenholz ruhte und die sich quer durch den Raum zog, stand ein imposanter Stuhl, der mit allerlei Schnitzereien und Verzierungen versehen war.

Hier nun saß der alte Häuptling Gero und starrte dumpf brütend durch das Fensterloch ins weite Land hinaus. Seine Laune war nicht die beste. Zwar war sein Ansehen im Dorf ungebrochen, doch Schulden und Hunger drückten ihn wie die meisten Bewohner. Es war ein harter Winter gewesen, der auch die ersten Monate im neuen Jahr fest im Griff gehabt hatte und die Ernte nur stockend voranbrachte. Seine Küchenmagd rührte oft in leeren Töpfen und erwies sich als einfallsreiche Köchin, wenn es galt, den Mangel aus der Vorratskammer zu kaschieren. Sie streckte die Speisen mit allem, was sich fand. Sägemehl, Kalk, Lehm, Gras und Steckrüben. Und Gero wurde das Gefühl nicht los, dass so manche vermeintliche Geflügeldelikatesse, die man ihm da servierte, nichts weiter als ein paar altersschwache und unachtsame Krähen gewesen sein dürften. Jedenfalls wurden die Biester nicht weniger, wie Gero mit Blick auf den kotbeschmierten Fenstersims feststellte. Und das unablässige Gekreische der Vögel in den Bäumen zeigte ihm, dass wohl auch in den nächsten Wochen die Teller in der Burg nicht leer bleiben sollten.

Dennoch wurde es zunehmend schwieriger, die hungrigen Mäuler zu stopfen. Zuletzt hatte Gero kräftig an der Abgabenschraube gedreht, um sein Volk auszupressen. Doch dann hatte er einsehen müssen, dass hier nicht mehr zu holen war. Sein Personal hatte er auf das Nötigste reduziert. Nur noch die Magd und ein Knecht standen in seinen Diensten.

Häuptling Gero war Witwer – dem das Herz über seine leider allzu früh dahingeschiedene Frau gebrochen war. So zumindest ließ er es im Dorf bei jeder Gelegenheit verbreiten. Um der Wahrheit jedoch die Ehre zu geben, muss man sagen: Seine Frau hatte sich von dem langjährigen Stallmeister den Kopf verdrehen lassen – und deshalb hatte Gero ihr wiederum den Hals verdreht. Gero hätte zwar die lächerliche Affäre der beiden durchaus, wenn auch zähneknirschend dulden können, doch sie war eben nicht folgenlos geblieben und seine Frau war bald in besseren Umständen. Als der Häuptling davon erfahren hatte, hatte er sie im Schlafgemach zu Tode gewürgt. Der Stallmeister, so wurde im Dorf unters Volk gebracht, war danach freiwillig zu einer Pilgerfahrt ins gelobte Land aufgebrochen und von dort nie wieder zurückgekehrt.

Wenn nun der gramgebeugte Witwer auf seinen gelegentlichen Ausritten durchs Dorf gefragt wurde, wie sein Befinden sei, dann pflegte er seufzend zu sagen: „Ich habe die Gewissheit, dass mein armes, holdes Weib immer ein Auge auf mich hat.“ Und das war nicht gelogen! Denn Gero hatte die Unglücksselige im Garten des Steinhauses, mitten im Rübenacker mit Blick auf sein Turmgemach, verscharrt. Dort verfaulte sie, wiedervereint mit ihrem angeblich pilgernden Liebhaber, der unter ihr seine letzte Ruhe gefunden hatte. Oder zumindest Teile von ihm.

Seine einstmals stahlblauen Augen, die der holden Häuptlingsdame den Verstand geraubt hatten, hatte Gero ihm bei lebendigem Leibe rausgeschnitten und später an die Krähen verfüttert. Er wollte den Vögeln auch einmal etwas zurückgeben.

Gero hatte eine wunderschöne Tochter mit Namen Hanna. Sie war von feiner Anmut und Grazie, hatte ein Herz aus Gold und war bei allen Menschen im Dorf geschätzt und geliebt. Ihr Antlitz war der Mutter wie aus dem Gesicht geschnitten und ihr seidiges, blondes Haar fiel wie ein langer, goldener Fluss über ihre Schultern und ihren Rücken. Der alte Häuptling liebte seine Tochter über alles. Nur ihre stahlblauen Augen missfielen ihm.

Und dann war da noch Harmina, die ältere Tochter des Häuptlings. Sie kam ihrem Vater gleich. Sie hatte nicht nur dieselbe Lust an Grausamkeiten von ihm geerbt, sondern konnte auch in Statur und Antlitz ihre Herkunft nicht leugnen: Über die dicke fleischige Nase, die glubschigen, etwas zu weit auseinander stehenden Augen in ihrem halslosen Kopf bis hin zu den baumdicken Beinen und dem breiten ausladenden Gesäß, das selbst den Ackergäulen von Bunde noch mächtig Konkurrenz machte. Sogar den dünnen Bartflaum über ihren wulstigen Lippen hatten sie von ihrem Vater geerbt. Aus jeder Pore und Falte ihres massigen Leibes strömte ihre Herkunft.

Ihr Appetit auf Mahlzeiten und Männer war zügellos. Und das grämte den alten Häuptling sehr, denn Harmina fraß ihm die Haare vom Kopf. Darum wollte er sie um jeden Preis an den Mann bringen. An welchen, war ihm eigentlich egal. Doch es war ein schier hoffungsloses Unterfangen, denn Harmina war fett wie ein Schwein, fraß wie ein ebensolches, hatte die Manieren eines Ziegenbocks und stank wie einer. Man sieht: Gero hatte gute Gründe, diese Tochter zu vermählen. Aber es gab eben auch gute Gründe, weshalb sich niemand finden ließ, der Harmina zur Frau nehmen wollte.

Die Schönheit der huldvollen Hanna hingegen hatte sich weit über die Grenzen des Landes herumgesprochen. Und so kamen immer wieder neugierige Freier ins Steinhaus, um um das Mädchen zu werben. Doch Gero war gerissen und machte aus der Not eine Tugend: Bevor die Werber seine Tochter zu sehen bekamen, ließ er sich mit Tributen überhäufen. Und wer Hanna zur Frau nehmen wollte, musste überdies eine schwere Probe bestehen – er musste ein Rätsel lösen. Ein unheimlich vertracktes Rätsel, das bislang noch niemand zu lösen wusste. Wer es nicht schaffte, so machte Gero zur Bedingung, musste seine zweite Tochter Harmina zur Frau nehmen oder er war des Todes. Die wenigsten wussten, dass es eine Wahl zwischen Pest und Cholera war. Erst wenn die ältere der beiden Schwestern nach missglückter Lösung ins Zimmer gerufen wurde, offenbarte sich die ganze Grausamkeit der Probe.

Harmina pflegte jeden Freier mit einem schrillen Jauchzer zu begrüßen, der selbst die Krähen in den Bäumen am Steinhaus vor Schreck aufkreischen ließ. Dann tanzte sie mehr oder minder leichtfüßig um den erstarrten Brautwerber, wobei ihre Schweinsknie fürchterlich knackten. Und zum feierlichen Abschluss griff sie dem Unglückseligen lüsternd in den Schritt. Nicht selten geschah es dabei, dass der Freier keuchend zu Boden ging und sich mit schmerzverzerrtem Gesicht das Gemächt hielt. Das wiederum deutete Harmina als Zeichen mangelnder Manneskraft – und vor Wut trat sie nach.

Angesichts solch liebreizender Neckereien nimmt es sich wohl kaum Wunder, dass bislang alle, ausnahmslose alle Freier, lieber den Tod wählten als Harmina. In einem Anflug von Panik und Verzweiflung stürzten sich die meisten durchs Turmfenster oder in ihr Schwert. Ein gnädiger Tod!

Im fernen Aurich gab es nun einen Mann, den die Kunde von der schönen Hanna zu Ohren gekommen war und den die Beschreibungen der Boten nicht mehr ruhen ließen. Also schickte sich der Recke Rolf an, sein Glück zu versuchen und brach mit seinem Gefolge ins Rheiderland auf. Auf dem Weg dorthin grübelte er über seine Mission nach. Man hatte ihm von dem schweren Rätsel berichtet, dass Häuptling Gero den Freiern zu stellen pflegte. Und so ersann Rolf eine List, um dem grausamen Schicksal seiner Vorgänger zu entgehen. Als der Recke und seine Getreuen am Abend unweit des Steinhauses ihr Lager aufschlugen, ließ er nach seinem Diener Gutmann schicken und weihte ihn in seinen Plan ein. Gutmann sollte zum Steinhaus gehen und herausfinden, um welches Rätsel es sich handelte. Damit er keinen Argwohn erweckte, ließ Rolf ihn in Frauengewänder stecken. Als Bettelweib verkleidet sollte er die Lage auskundschaften.

Als Gutmann am nächsten Tag aufgeregt, aber auch auffällig keuchend und hustend, ins Lager zurückkehrte, berichtete er seinem Herren von seinem Gespräch mit der Küchenmagd. Diese habe ihn gastfreundlich in der Küche des Steinhauses empfangen und als er, Gutmann, im Laufe des Gesprächs eher beiläufig auf Geros Rätsel zu sprechen kam, habe sie ihm unter dem Mantel der Verschwiegenheit die Lösung verraten. Nein, eine ganz patente Frau sei diese Magd gewesen, wusste Gutmann zu berichten. Sogar ein kleines Kaninchen habe sie ihm gebraten. Ein ziemlich kleines und mageres zwar. Aber immerhin.

Rolf lobte die Dienste seines Mannes überschwänglich und wollte ihn reichlich belohnen. Gutmann jedoch bat bescheiden um etwas Ruhe und viel Wein, um das quälende Stechen zu ertränken, das sich seit dem Besuch im Steinhaus hartnäckig in seinem Bauche hielt. Rolf versicherte ihm, dass es wohl nur an dem üppigen Essen gelegen habe. Erst als Gutmann zögerlich nachschob: „Haben Kaninchen eigentlich Schwänze?", da wuchs auch die Unruhe bei dem Edelmann. Und in der Tat: Alle ärztliche Kunst war vergebens, Gutmann sollte die Nacht nicht überleben.

Rolf betrauerte den Verlust seines Dieners. Aber er war nun umso entschlossener, das Fräulein vom Steinhaus für sich zu gewinnen und dem finsteren Häuptling damit eine Niederlage zu bescheren. Also brach er am Morgen auf. Er setzte sich mit seinem Hengst an die Spitze eines kleinen Trosses, in dem sich auch ein Wagengespann befand. In dieser Kutsche wollte er seine Braut mit nach Hause nehmen.

Bald schon hatte er mit seinem Gefolge das Steinhaus erreicht. Gespannte Stille machte sich breit, als Rolf aus dem Sattel stieg, schweren und stolzen Schrittes auf die Tür des Gemäuers zuging und mit dem Schlagring an das Holz pochte. Quälende Augenblicke vergingen, bis er ein Rumpeln und Rasseln vernahm und sich die Tür knarrend öffnete. Eine dickliche, kleine Frau kam zum Vorschein. Zahnlos grinste sie ihn an. Ihre Kleidung starrte vor Schmutz. Ihr Gesicht noch mehr. Die grauen und fettigen Haare waren zu einem Zopf geflochten, der wie ein totes Tier auf ihrer Schulter lag. Sie trug eine blutverschmierte Schürze und von den wulstigen Fingern ihrer Hand, die sie dem Recken entgegenstreckte, tropfte roter Saft. Rolf ignorierte den Gruß und starrte mit einer Mischung aus Ekel und Faszination auf die Schürze der Frau. Wie viele Ratten hatten dafür bluten müssen?

„Ihr seid gekommen, um zu werben?“ – schneidend wie ein Fleischermesser drang die schrille Stimme der Magd in Rolfs Ohr. Der Edelmann nickte eifrig. Die Magd bedeutete ihm zu folgen, drehte sich um und schritt durch den Raum im Fuß des Turmes. Rolfs Blicke wanderten über die tropfnassen, schimmeligen Wände, an denen Fackeln zaghaft loderten und schwaches Licht spendeten. In seiner Nase mischte sich der üble Geruch von Fäkalien, Moder und irgendwelchen Speisen. Die alte Magd erklomm ächzend die rutschigen Steinstufen einer Treppe, die sich in einer dunklen Ecke des Raumes in die Höhe schraubte. Seufzend folgte Rolf ihr nach.

Er hatte schon viele Herrensitze besucht. Dies war mit Abstand der heruntergekommenste. Langsam wuchsen die Zweifel, dass in diesem Haus ein Mädchen von Anmut und Grazie leben sollte, wie überall erzählt wurde. Umso überraschter war der Recke, als die Magd plötzlich zur Seite trat und Rolf in einen großzügig gestalteten Raum eintreten ließ. Zwar drangen auch hier Armut und Verfall aus allen Fugen. Aber die Möbel und die Einrichtung des Raumes verströmten etwas Erhabenes und zeugten von Kultur und einer langen Tradition.

„Tretet näher." Eine dunkle, lauernde Stimme kam aus dem hinteren Teil des Zimmers, der etwas im Schatten lag. Rolf spürte, wie ihn Augen abtasteten. Mutig machte er einen Schritt nach vorn.

„Wer seid Ihr? Und was ist Euer Begehr?" , fragte die Stimme.

Noch immer konnte Rolf das Gesicht des Mannes nicht erkennen. Er sah nur eine gebückte Gestalt, die auf einem wuchtigen Stuhl hockte.

„Edler Häuptling! Mein Name ist Rolf von Kniepbüdel-und-Holfast. Ich komme aus Aurich in Euren schönen Ort. Die…", er zögert kurz, „die Pracht Eures Heimes, Euer Wohlstand und Ansehen werden in meiner Heimat hoch gelobt und…"

Sein Gegenüber fiel ihm unwirsch ins Wort:

„Die Pracht meines Heimes – wie Ihr sagt – ist sicher nicht der Grund dafür, dass Ihr Euer wohlgewärmtes Lustschlösschen verlassen habt."

Rolf schluckte. Höfliche Umgangsformen waren hier offenbar fehl am Platze.

„Mitnichten, Ihr habt recht. Man schwärmt in meiner Heimat von der Schönheit der huldvollen Hanna aus dem Steinhaus zu Bunde. Deshalb bin ich hier. Gebt mir die Hand Eurer Tochter!"

Lange blieb es still in der dunklen Ecke des Raumes. Dann erhob sich die Gestalt aus ihrem wuchtigen Stuhl und schritt langsam auf den Besucher zu. Im Fackelschein war nun Geros Gesicht zu erkennen. Erschrocken hielt Rolf inne. Wenn die ältere Tochter des Häuptlings nur halb so hässlich war wie ihr Vater, dann gab es einen triftigen Grund für die hohe Freitodrate unter den Freiern.

Fauliger Atem schlug ihm entgegen. „So, so – die Hand meiner Tochter wollt Ihr? Ihr müsst Sie Euch verdienen!"

Rolf verstand. Er griff an die Seite seines Gürtels löste ein Säcklein und drückte es dem Häuptling in die Hand. Dann sagte er entschlossen:

„20 Goldmünzen… Fürs Erste. In meinem Lager am Dorfrand ist noch einmal die fünffache Summe. Und obendrein eine Kiste mit Geschmeide. Ihr sollt alles bekommen – wenn ich Eure Tochter mitnehme."

Gero lachte meckernd. „So einfach ist das nicht! Ihr wisst, dass jeder Freier eine Probe bestehen muss. Und wer versagt, den erwartet der Tod – oder meine zweite Tochter Harmina."

Rolf räusperte sich. Dann nickte er. „Das ist mir bekannt. Und ich bin bereit."

Interessiert musterte Gero den Brautwerber. Der Mut und die Entschlossenheit des jungen Mannes imponierten ihn. Er wog das Säcklein mit den Goldmünzen in seiner Hand. Die Aussicht auf eine stattliche Auslöse hob seine Stimmung. Der Recke würde die Probe ohnehin nicht bestehen. Aber die 20 Goldmünzen würden Gero fürs Erste über die Runden retten – bis der nächste zahlungskräftige Werber kam. Gero klatschte in die Hände und nach einer Weile war das Trippeln leichter Füße zu vernehmen, die über eine der Treppen im Haus huschten. Die Tür knarrte, und ein Mädchen trat ein, das sogleich errötete und schüchtern den Kopf senkte, als sie den Werber erblickte.

Rolf kippte die Kinnlade nach unten. Nein, die Boten hatten nicht übertrieben. Noch nie hatte er ein Mädchen von solch natürlicher Schönheit gesehen. Rolfs Herz hämmerte wild und seine Brust schwoll – und wohl auch seine stolze Reckenrute, wie man sich später in weniger jugendfreien Überlieferungen erzählte.

„Schnell, die Probe!“, keuchte Rolf und zupfte dem Häuptling aufgeregt am Ärmel. Gero wandte sich grinsend seinem Gast zu. Dann erhob er feierlich die Stimme und stellte sein Rätsel:

„Sagt mir, wer das ist: Er wandert ständig durch die Nacht und klettert höher als jeder Berg. Er legt keine Rast ein, nimmt weder Speis noch Trank. Und doch wird er immer dicker und verliert sein Gewicht. Er wandert zuweilen im Verborgenen, wie ein Dieb in der Nacht. Und dann wiederum stolziert er strahlend wie ein König durch die Finsternis.“

Rolf konnte die Augen nicht von der liebreizenden Maid lösen, während Gero sein Rätsel sprach. Und mit jedem Wort wuchs in dem Recken die Gewissheit, dass die Dienste seines unglückseligen Knechtes Gutmann Gold wert waren. Er hatte ihm die richtige Lösung ins Ohr geflüstert, bevor er sein Leben ausgehaucht hatte. Doch Rolf ließ sich seinen inneren Triumph nicht anmerken und hörte sich geduldig Geros Aufgabe an. Als der Burgherr fertig war, verschränkte Rolf die Arme vor der Brust. Mit gespielter Verkniffenheit starrte er an die Decke, so als brüte er über die Aufgabe angestrengt nach.

„Puh! Ein vertracktes Rätsel, in der Tat. Lasst mich mal nachdenken. Ein Wanderer in der Nacht, der dicker und dünner wird, aber nie speist? Das erscheint unmöglich! Einen Moment noch! Ich glaub ich hab' s gleich…"

Gero grinste grausam. Der Recke würde scheitern. Wie alle vor ihm. Er freute sich schon auf das dumme Gesicht des Werbers, wenn Harmina – das Donnerweib vom Steinhaus Bunde – über die Schwelle trat, um ihren Bräutigam den Atem zu rauben. Und das tat sie – spätestens wenn sie mit ihrem ganzen Gewicht auf dem Brustkorb des Freiers kniete, um ihn zu ohrfeigen, weil er es gewagt hatte, ob ihres Anblicks zu erschrecken. Auch der Edelmann aus Aurich würde den Sprung vom Turm machen. Dessen war sich Gero gewiss.

„Ha! Ich hab die Lösung!", Rolf klatschte begeistert in die Hände und Gero zuckte zusammen. „Es ist der Mond! Er wandert durch die Nacht, nimmt zu und ab und klettert höher als jeder Berg!"

Geros Gesicht wurde aschfahl. Das konnte nicht sein! Der Recke hatte das Rätsel gelöst. Der Teufel musste ihm geholfen haben! Der Häuptling schäumte vor Wut. Er schnappte nach Luft und sein Kopf wurde tiefrot vor Zorn. Die liebreizende Hanna jedoch strahlte über das ganze Gesicht. Sie hatte sehr wohl Gefallen an dem Auricher Edelmann gefunden und freute sich, dass gerade er die Probe bestanden hatte – und nicht etwa der fette, altersschwache Kaufmann aus Leer, der vergangene Woche vorgesprochen hatte. Und von dem jetzt nur noch ein fetter Fleck am Fuße des Turmes geblieben war.

„Ist die Lösung nun richtig, werter Häuptling? So antwortet doch!." Rolf hatte Mühe, seine Schadenfreude zu unterdrücken.

Gero senkte den Kopf, ballte die Fäuste und presste gequält ein „Ja" zwischen den Zähnen hervor. Da vollführte Rolf einen Freudentanz, herzte den Häuptling in seinem Glück und fiel vor ihm auf die Knie.

„Und nun gebt mir, was mein ist! Ich habe das Rätsel gelöst. Nun fordere ich die Hand Eurer Tochter ein."

Geros Miene verfinsterte sich. Schwarzer Nebel senkte sich über sein Gemüt, in dem düstere Gedanken brodelten wie in dem Kessel eines Hexenmeisters. Welche Schmach! Sein kostbarster Pfand sollte nun sein Heim verlassen. Gero atmete tief durch.

„Ihr sollt sie haben", knirschte er endlich.

Rolfs Herz hüpfte vor Freude. „Ihr seid wahrhaft ein Mann von Treu und Glauben! Auch ich werde mein Versprechen halten, und Euch den Schmuck und das Gold ins Steinhaus bringen lassen. Noch heute Abend möchte ich mit meiner Braut nach Aurich aufbrechen."

Gero nickte stumm. Rolf ließ alles Nötige veranlassen. Persönlich ritt er ins Lager, um das Gold und den Schmuck zu holen. Der gramgebeugte Häuptling schickte seine Tochter Hanna aufs Zimmer und ließ sie für die Reise vorbereiten. Als Rolf zum Steinhaus zurückkehrte, wartete sein Gefolge bereits an der Kutsche, in der seine zukünftige Braut nach Aurich fahren sollte. Häuptling Gero versagte sich jegliche Abschiedszeremonien. Er vermied es sogar, seiner Tochter, die in dem Kutschenkasten saß, einen letzten Gruß zu entrichten. Zu tief saß der Schmerz. Stattdessen drückte er dem stolzen Edelmann ein kleines Kästlein in die Hand. „Der Brautring als Aussteuer. Er ist ein Familienstück." Gerührt verneigte sich Rolf vor dem alten Häuptling. „Ich werde ihn in Ehren halten, wie Eure Tochter. Lebt wohl!", sprach er und verstaute das Kästlein in seiner Satteltasche.

Der Tross setzte sich in Bewegung, Rolf ritt voran. Die Räder der Kutsche ratterten über den steinigen Weg. Kaum hatte das Gefolge die Zuwegung zum Steinhaus hinter sich gelassen, da ertönte ein markerschütternder Schrei. Erschrocken fuhr Rolf herum. Was er sah, machte keinen Sinn: Im Fenster des Turmes stand seine geliebte Hanna, die doch eigentlich in seiner Kutsche sitzen sollte. Traurig winkte sie dem Edelmann zu. Doch irgendetwas sah seltsam aus an dieser Geste. Die Nackenhaare des Edelmannes stellten sich auf. Er griff in die Satteltasche, zog das Kästlein heraus und öffnete es. Da lag – auf Samt gebettet – eine abgeschlagene Hand. Weiß wie Wachs, und das getrocknete Blut des Stumpfes glänzte im selben Ton wie der tiefrote Rubin am Ring des Fingers.

Rolf begriff, wie grausam Gero sein Versprechen eingelöst hatte. Rolf hatte um Hannas Hand angehalten – und sie nun bekommen…

Noch einmal blickte der Recke in tiefem Schmerz zu seiner Holden hinauf – bis Häuptling Gero sie vom Fenster wegzog.

In das stumme Entsetzen der umstehenden Menge drang plötzlich ein helles Kichern. Es kam aus der Kutsche. Dann schob sich eine wulstig-fette Hand durch die Vorhänge. Ein unheimlicher dicker Zeigefinger lockte Rolf und er hörte eine schnarrende Stimme: „Komm her!“

# *Schwarze Ware*

Atemlos erreichte Aiko den Anleger. Er stolperte über die Planken, keuchte und schnaufte. Schon von Weitem sah er die Fähre auf der Mitte des Flusses treiben. Sie hatte abgelegt. Er war zu spät.

Aiko wollte es nicht wahrhaben. Wie benommen taumelte er vorwärts und sank an der Kante des Steges auf die Knie.

„Nein! Wartet!“, schrie er über den Fluss. Doch man hörte ihn nicht. Die Fähre fuhr weiter. Über die Ems, auf die andere Seite. Aiko schossen Tränen in die Augen. Es durfte nicht sein. Er hatte sich so beeilt. „Ich muss rüber… , ich muss doch rüber“, wimmerte er. Doch es war zu spät. Weda würde sterben. Das war jetzt gewiss.

Durch einen Tränenschleier nahm er einen Mann wahr, der neben ihm stand. Die Fähre hatte ihn abgesetzt. Er war klein, wohlbeleibt und in einen dicken Wollmantel gehüllt. Das runde Gesicht mit wasserblauen Augen und einer roten Knollnase wurde von einem grauen, dichten Bart beherrscht. Neben seinen Füßen lag ein großer Sack. Der Fremde beugte sich mitleidig zu Aiko herunter und legte ihm eine Hand auf die Schulter.

„Kann ich Euch helfen, mein Freund?“, fragte er sanft.

Aiko schüttelte den Kopf und blickte starr auf den Fluss.

Die Dämmerung tauchte die Fluten der Ems in ein graues Geström. Auf den Wellen blitzten die letzten Sonnenstrahlen des Tages. Bald würde die Nacht hereinbrechen. In Aikos Gedanken war es bereits finster.

Es gab keine Hoffnung mehr. Er würde nicht schnell genug über die Ems zum Klostergut Halte kommen. Die Heilkunst der Mönche dort war vielgepriesen in der Umgebung. Und nur sie hätte Weda noch zu retten vermocht. Aikos Weib lag im schweren Fieber. Nach der Niederkunft seines Erstgeborenen war es ausgebrochen. Der Junge lebte, gottlob. Doch seine Frau dämmerte dem sicheren Ende entgegen. Von Stunde zu Stunde war ihr Zustand schlechter geworden. Ihr Herz schlug immer schwächer. Die Amme aus dem Dorf Völlen hatte versucht, Weda zu helfen. Doch ihr Wissen war beschränkt. Nur einen Rat konnte sie Aiko noch geben: Er sollte schleunigst das Kloster in Halte aufsuchen. Nur dort war Rettung. Und so war Aiko zum Fluss gerannt, um die letzte Fähre zu erreichen. Es war ein Wettlauf mit dem Tod gewesen. Und er hatte ihn verloren. Jetzt schien es ihm, als ob sein Leben und sein Glück gleichsam wie der Strom an ihm vorbeizogen.

Der Fremde kniete neben Aiko und legte ihm seinen Arm um die Schulter. „So sagt doch, was bedrückt Euch?“

Mit tonloser Stimme erzählte Aiko von seiner Not. Der Mann lauschte aufmerksam. Als Aiko fertig war, erhob sich der Fremde seufzend. Stumm stand er auf dem Steg und blickte auf die andere Seite des Emsufers. Die Sonne war untergegangen und der Abend färbte den Strom schwarz.

Aiko stand auf und wandte sich zum Gehen. Er wollte zu seiner sterbenden Frau zurück. Ihr noch einmal nahe sein.

„Wartet!“, rief der Fremde und schaute weiter unbeirrt auf den Fluss.

Aiko hielt verdutzt inne, kehrte zurück und stellte sich neben den Fremden.

„Es ist noch Hoffnung“, begann der Mann. „Wartet hier an dieser Stelle. Es wird ein Boot kommen.“

Aiko verstand nicht. Der Fremde drehte sich zu ihm und blickte ihm fest in die Augen. „Es kommt nur einmal in der Nacht, wenn die dunkelste Stunde anbricht.“ Der Mann machte eine Pause. „Es sind Freunde von mir. Sie treiben schwarzen Handel und bringen Ware über die Ems.“

Aiko zog erstaunt die Augenbrauen hoch, und sein Blick fiel auf den Sack, der neben seinem Gegenüber auf dem Boden lag. „Ihr..., Ihr seid ein Schmuggler?“, stotterte er.

Der Fremde nickte und zog Aiko zu sich heran. Dann kramte er in seiner Manteltasche und holte etwas hervor. Es war eine kleine Pfeife aus Holz.

„Wenn Ihr eine blaue Flamme auf dem Wasser seht, nehmt diese Pfeife und blast hinein. Dann wird Euch der Steuermann hören.“ Er blickte verstohlen um sich, als fürchte er, das Gespräch werde belauscht. „So das Boot an Land kommt, nennt meinen Namen und man wird Euch an Bord nehmen.“

Aiko war verwirrt. Konnte er dem Mann trauen? Einem Schmuggler? Er musste, denn er hatte keine andere Wahl, wenn er sein geliebtes Weib retten wollte.

„Und wie ist Euer Name?“, fragte er zögernd.

„Harders“, flüsterte der Schmuggler: „Sagt dem Steuermann, dass Ihr den alten Harders getroffen habt.“

Vorsichtig beugte er sich zu Aiko vor: „Habt Ihr Geld dabei?“ Irritiert wich der junge Mann zurück. Harders beschwichtigte ihn. „Habt keine Angst. Ich will Euer Geld nicht. Aber Ihr werdet etwas brauchen, wenn Ihr mit dem Boot fahren wollt. Der Steuermann ist ein Raffzahn“, sagte er.

Aiko griff in die Tasche seine Jacke und zeigte dem Alten drei Münzen. „Für die Hin- und Rückfahrt – und für die Medizin.

Harders nickte. „Das wird reichen, mein Freund. Denkt an die Pfeife – und an meinen Namen.“ Aiko spürte zum ersten Mal an diesem Tag, wie sein Herz leichter wurde. Es schien ihm, als ob die Worte des Alten eine schmale Brücke bauten. Eine Brücke, über die er Weda ins Leben holen konnte.

„Ich könnte Euren Namen niemals vergessen. Wie kann ich Euch nur danken?“

Harders räusperte sich verlegen – „Ich fühle mit Euch, mein Freund. Denn ich weiß, wie Euch zumute sein muss. Auch meine Frau litt an einem Fieber. Aber sie war leider nicht mehr zu retten.“

Aiko schluckte. „Das tut mir von Herzen leid.“

Der alte Schmuggler winkte ab. „Es war wohl Gottes Wille. Auch wenn ich den alten Knaben ab und an nicht verstehe... Aber Ihr! Ihr könnt Eure Frau noch retten! Aber verratet niemandem etwas von dem Schmugglerboot!“, warnte er und deutete mit einem Schmunzeln auf den Sack neben seinen Füßen, „Denn dann hätte ich kein Einkommen mehr.“ Er klopfte Aiko noch einmal auf die Schulter: „Viel Glück, mein Freund.“

Bevor Aiko etwas erwidern konnte, verschwand der Schmuggler. Seine Schritte hallten über den Steg. Auch dann noch, als die Dunkelheit ihn längst verschluckt hatte.

Etwas ratlos starrte Aiko auf die Münzen und die Pfeife in seiner Hand. Ob Harders recht hatte? Die Zeit drängte. Wenn es nicht stimmen sollte und kein Schiff kommen würde, dann wäre seine Frau verloren. Aber Aiko hatte keine Wahl. Er setzte sich auf den Steg und starrte aufs Wasser. Die Nacht brach herein und die Schatten um ihn lösten sich auf. Unter seinen Füßen rauschte die Ems und auf dem Wasser stieg weißer Dunst auf. Nebel waberte über den Wellen.

Eine Stunde verstrich, doch nichts geschah. Aiko versuchte, den Blick nicht vom Fluss zu nehmen. Er wartete auf die blaue Flamme. Doch seine Lider wurden ihm schwer. Am Rande der Ems trieb Aiko dem Schlaf entgegen. Erst, als er bereits auf dem Steg zur Seite sank, fuhr er erschrocken hoch. Er hatte geträumt. Von Weda. Sie hatte nach ihm gerufen.

Er wischte sich die Augen und schaute wieder auf den Fluss. Da war etwas! Er glaubte zunächst an eine Täuschung seiner übermüdeten Sinne, doch nun konnte er deutlich das blaue Licht sehen, das geheimnisvoll im Nebeldunst auf dem Wasser flackerte und mit dem Strom zog.

Mit einem Satz sprang Aiko auf. Er suchte in seiner Jackentasche fieberhaft nach der Pfeife. Hektisch fischte er sie hervor – doch dann fiel sie ihm aus der Hand und landete klackernd auf dem Steg. Aiko schrie auf vor Schreck und warf sich auf den Boden. Fieberhaft tastete er die Planken ab. Zuerst fühlte er nur das nasse, raue Holz, doch dann, endlich, hatte er die Pfeife gefunden. Er schob sie sich mit zitternden Fingern zwischen die Lippen und blies hinein. Doch es erklang nur ein röchelndes Piepsen, weil er noch völlig außer Atem war. Aiko zwang sich zur Ruhe und versuchte es noch einmal und – da! Ein feines, leises Pfeifen kam aus dem Instrument und durchdrang die Stille am Fluss.

Zunächst tat sich nichts. Dann jedoch hielt das seltsame Licht inne – und steuerte auf den Steg zu. Aiko sah die blaue Flamme im trüben Dunst lodern. Bald darauf tauchten im Nebel schwarze Schemen auf. Es waren die Umrisse eines Bootes. „Also doch“, dachte Aiko, „Harders hatte recht.“ Er lauschte. Leichter Ruderschlag drang herüber zum Steg.

Das schattenhafte Boot kam näher. Am Heck stand eine dunkel gekleidete Gestalt. Sie hielt die Pinne des Steuerruders. Die blaue Flamme, so erkannte Aiko jetzt, war der Schein einer Laterne, die an der Spitze des Bootes steckte. Sie flackerte wie ein Irrlicht.

Das Schiff glitt auf den Steg zu und zerschnitt den Nebel, der es umhüllte. Etwa zwei Meter vor dem Anleger stoppte es. Aiko konnte trotz der Dunkelheit erkennen, dass das Schmugglerboot voll besetzt war. Dicht gedrängt hockte ein gutes Dutzend Gestalten auf dem Boden. Ihre Häupter waren gesenkt und von Kapuzen verhüllt. Ab und an schaute jemand verstohlen um sich. Einige von ihnen hielten Ruder.

„Wer da?“ Der Ruf des Steuermannes hallte durch die Nacht. Die Stimme klang dünn, fast flüsternd. Der Mann schritt durch die kauernde Menge im Boot und kam nach vorne. Er ging gebeugt, wobei seine Stiefel über die Planken schlurften. Er trug eine schwarze Lederkappe auf dem Kopf, und die langen Ärmel seines Mantels wirkten wie die Schwingen eines großen Vogels. Am Bug des Bootes blieb er stehen und schaute hinauf zum Steg. Aiko blickte in große, traurige Augen, die in einem furchenvollen Antlitz steckten. Und er hörte den rasselnden Atem des Steuermannes, der ihn mit brüchiger Stimme ansprach:

„Was wollt Ihr von mir?“

„Harders....“, stieß Aiko hervor. „Harders..., ich habe den alten Harders getroffen.“

Der Alte runzelte die Stirn.

Aiko fuhr fort: „Nehmt mich mit. Ich muss auf die andere Seite.“

Der Steuermann zischte etwas. Dann setzte sich das Boot mit einem Ruck in Bewegung und fuhr an den Steg heran. Jetzt war es nah genug. Der Alte reichte Aiko die Hand und half ihm an Bord.

Das Boot war groß. Es waren weit mehr Leute darauf, als Aiko zunächst gedacht hatte. Sie schauten nicht hoch, als er dem Steuermann folgte, der zum Heck schritt. Links und rechts neben ihm stießen einige der Vermummten die Ruder ins Wasser und das Boot fuhr wieder in die Nacht hinaus.

Der Fährmann drehte sich um. „Könnt Ihr zahlen?“, fragte er lauernd.

Der junge Mann nickte eifrig und zog zwei Münzen aus der Tasche. „Hier – für die Hin- und Rückfahrt“, stieß er aufgeregt hervor. Der Alte runzelte die Stirn.

„Das wird nicht reichen, junger Freund…“

Aiko fühlte sich, als ob sich eine eisige Hand um sein Herz legte.

„Aber ich..., das ist alles, was ich habe!“, rief er verzweifelt.

„Alles? Wirklich alles?“ Der Alte lachte spöttisch.

Aiko dachte fieberhaft nach. Nein, eine Münze hatte er noch. Damit wollte er die Medizin für seine Frau kaufen. Doch vielleicht würden sich die Mönche erbarmen und er könnte sie später bezahlen? Die Gottesmänner hatten sicher ein Einsehen! Entschlossen griff er in die Tasche und zog seine letzte Münze hervor. Im Nu schnappte sie der Steuermann, steckte sie ein und frohlockte: „Jetzt sind wir im Geschäft!“

Aiko war erleichtert. Die Fahrt ging weiter. Sollte der Halsabschneider mit dem Geld doch glücklich werden.

„Aber Ihr bringt mich zurück zum Steg, ist das klar?“, murrte er.

Der Alte kicherte und drehte sich zu Aiko um.

„Zurück?" fragte er. „Es gibt kein Zurück! Dies ist eine einfache Fahrt."

Kalter Zorn packte Aiko. „Drei Münzen für eine Fahrt? Ihr seid ein elender Halsabschneider!"

Der Bootsmann zuckte mit den Schultern: „Das ist der Handel, mein junger Freund."

Wutschnaubend griff Aiko den Alten am Kragen und hob die Faust. Da ertönte ein Ruf übers Wasser. Er kam vom Steg. Diese Stimme… Aiko hatte sie schon einmal gehört. Langsam drehte er sich um schaute zurück ans Ufer.

Auf dem Steg stand – Harders! Die Schemen seines Körpers waren trotz des Nebels gut zu erkennen. Er winkte und rief: „Denkt an den Handel, Fährmann!"

Der Alte löste sich aus Aikos Griff und trat an den Rand des Bootes: „Ich halte mein Wort, Harders! Drei Seelen, wie versprochen! Und Eure Frau kehrt zurück!"

Wie kalter Nebel kroch eine furchtbare Ahnung in Aikos Gedanken herauf. Drei Seelen. Ein Handel. Schwindel packte ihn und er sank in die Knie. Eine der verhüllten Gestalten im Boot zupfte an seinem Ärmel. Benommen drehte Aiko den Kopf – und sah direkt in das Gesicht seiner Weda. Kreideweiß war ihr Antlitz und sie blickte ihn mit müden, traurigen Augen an. Im Arm hielt sie – ein Kind. Sein Kind. Kein Wimmern, kein Weinen drang aus dem Bündel. Sein Sohn ruhte sanft.

„Aiko, wo warst du so lange?“, fragte Weda vorwurfsvoll und senkte traurig den Blick.

Zitternd ließ sich Aiko neben ihr auf der Bank nieder. Stumm nahm er Weda in den Arm und schaute noch einmal hinüber zum Steg. Da stand Harders. Auch er hielt seine Frau im Arm. Sie waren wieder vereint. Alle waren wieder vereint. Hier und drüben.

Der Fährmann lachte meckernd. Die Fahrt ging weiter. Die letzte Fahrt der Seelen...

Old 53

# *Sturmfahrt*

Ich weiß nicht, wie wir diesen Sturm überlebt haben. Er kam aus dem Nichts – und traf uns mit unbändiger Wut. Die Gewässer hier sind unberechenbar. Falsch, verschlagen, lauernd. In einem Moment segnen sie dich mit glatter See und günstigen Winden, im nächsten Moment entfesseln sie die Hölle. Wir waren gewarnt... Und doch traf uns der Sturm völlig unvorbereitet.

Am Morgen hatten wir Ladung gelöscht. Holz und Torf. Alles war wie am Schnürchen gelaufen und bereits am Mittag hatte die „Stella“ den Hafen wieder verlassen. Unser Schoner machte nun ordentlich Fahrt und die Hoffnung wuchs, noch vor Sonnenuntergang wieder in heimatliche Gefilde zu gelangen. Wir folgten dem Lauf der Küste, und als wir an der Landzunge mit dem markanten roten Leuchtturm nach Backbord auf offene See drehten, hatte die Sonne den Zenit kaum überschritten. Die Sicht war klar und reichte bis zum Horizont. Ein kräftiger Südwest trieb uns und die Wolken voran. Ich stand an der Reling und schaute auf den schäumenden Schlag der Wellen. Kapitän Carlton gesellte sich zu mir und blies den Rauch seiner Pfeife in den Wind. In Gedanken waren wir bereits im Heimathafen und bei unseren Frauen. Doch dann kam alles anders.

Heller Glockenschlag riss uns aus den Gedanken und polternde Schritte ertönten hinter mir – Alarm! Carlton wirbelte herum. Die Männer liefen aufgeregt über Deck und schickten sich an, die Segel zu raffen. Ich blickte auf die See und erschrak – eine gewaltige, schwarzgraue Wand schob sich über das Wasser auf uns zu. Sie schien aus dem Nichts gekommen zu sein. Im Inneren dieser Wand zuckten Blitze. Ich hörte Donner krachen – und dann ritt der Sturm seinen Angriff. Von einem Moment auf den nächsten wurde das Schiff zur Seite geworfen. Eine Welle packte den Schoner und schleuderte ihn herum. Carlton brüllte etwas zu mir herüber. Ich verstand kein Wort. Der Orkan war ohrenbetäubend.

Wieder ließ eine heftige Woge den Schiffsleib erzittern. Zwei unserer Männer stürzten und rutschten über die Planken. Hart schlugen sie gegen die Bordwand und blieben regungslos liegen. Ich musste zu ihnen hinüber, ich musste helfen. Doch ich war wie gelähmt. Ich klammerte mich in Todesangst an der Reling fest.

Steuermann Finn versuchte verzweifelt, das Schiff aus dem Sturm zu drehen. Doch es war, als ob riesige Krallen es wieder in den Wind zerrten. Es krachte und knackte über mir. Entsetzt schaute ich nach oben – der Großmast! Der Sturm zerbrach ihn wie ein Streichholz. Der wuchtige Pfahl neigte sich mit flatterndem Segel. Dann schlug er auf – und das Deck erbebte.

Aus dem Augenwinkel sah ich, wie sich eine schwarze Woge auftürmte und wie ein Ungetüm auf uns zurollte. Hoch wie drei Häuser, tosend und dröhnend. Ich schloss mit allem ab. Das würden wir nicht schaffen! Das Schiff wurde erst leicht angehoben – und dann setzte die Welle zum Schlag an. Ich duckte mich weg und packte das Geländer ganz fest. Ein dumpfes Grollen übertönte alles, was eben noch war – den Sturm, den Regen, den Donner. Der Schoner kippte auf die Seite und die walzende Woge drückte ihn unter Wasser.

Mit einem Schlag war alles ruhig.

Gurgeln und Rauschen drang an meine Ohren und tiefe Finsternis hüllte mich ein. Ich hielt die Luft an, während sich der Schoner in die Tiefe schraubte. Alles drehte sich und ein helles Rauschen lärmte um mich. Meine Sinne liefen Sturm. Seltsame Lichter tauchten vor mir auf – ob vor meinen Augen oder in meinem Kopf vermag ich nicht zu sagen. Schummrige Schatten und flimmernde Formen schwirrten in der Tiefe unter mir – und ich wurde von ihnen angezogen wie von einem Strudel. Dann ging ein Ruck durch das Schiff. Und es schoss wieder nach oben. Ans Licht, an die Luft. Meine Sinne schwanden.

Schreiend erwachte ich.

Ich lag auf den Planken des Schoners, völlig durchnässt, den Hals voller Salzwasser, kalt – aber lebend. Rings um mich herum waren die anderen Männer. Carlton lehnte benommen an der Wand des Steuerhauses, Finn stöhnte und hielt sich den Kopf. Das Deck des Schiffes lag in Trümmern. Der Hauptmast der „Stella“ war zerborsten. Die Segel der übrigen Masten waren zum Teil zerfetzt, aber wir fuhren. Ein Wunder. Wir waren am Leben!

Ich richtete mich auf und schaute über die Reling. Die See schwieg – so, als sei nichts geschehen. Dichter Nebel lag über dem Wasser. Keine zehn Meter weit reichte der Blick. Eine weiße Decke, in der graue Schlieren tanzten, hatte uns umschlossen. Neben mir stand Steuermann Finn und schaute sorgenvoll in den trüben Dunst. „Mein Gott, was ist geschehen?“ Ein kleiner Riss prangte an seiner Stirn, aus dem ein dünner Faden Blut rann. „Du bist verletzt“, sagte ich. Finn wischte sich beiläufig das Blut ab und starrte weiter stumm auf den Nebel.

Der Sturm war noch in der Nähe. Dumpfes Grollen drang durch den Nebel zu uns herüber. Die Gefahr war noch nicht gebannt. Wir waren am Leben, aber nicht gerettet.

„Wir müssen fort. Wo sind wir?", fragte ich. Unser Steuermann blickte mich ratlos an. Dann hechtete er zum Ruderstand, überprüfte die Anlagen und Instrumente. Die anderen Männer hatten sich mittlerweile aufgerappelt und kamen ebenfalls zum Steuerhaus. Erwartungsvoll schauten sie Finn an. Dessen Gesicht sprach Bände: „Der Kompass ist zerstört. Und das Ruder ist beschädigt", sagte er tonlos. Entsetztes Schweigen machte sich breit. Ohne Kompass und intaktes Ruder waren wir in diesem Nebel verloren. Carlton kam und nahm die Navigationsgeräte noch einmal in Augenschein – so, als wolle er das Fatale nicht akzeptieren. Er griff zur Seekarte. Seine Augen folgten hektisch dem Lauf der Linien und Läufe, dann erhellte sich seine Miene. „Macht euch keine Sorgen, Männer", setzte er an. „Wir können nicht allzu weit von Land entfernt sein. Der Sturm hat uns vielleicht ein paar Meilen abgetrieben, aber unsere letzte Position war höchstens fünf Meilen von dieser Inselgruppe hier." Er deutete auf vier braune Flecken, die sich wie Klumpen an einer Kette über den rechten Rand der Karte zogen. „Seht ihr dieses Eiland? Dort gibt es offenbar einen Sturmhafen. Da wären wir in Sicherheit."

„Aber welchen Kurs müssen wir nehmen?“, fragte ich fast schon verzweifelt. Carlton überlegte kurz. „Dem Lauf der Sonne nach! Wir müssen nach Westen. Die Insel kann nur drei, vier Meilen von hier sein. Auf alle Fälle kommen wir dann Richtung Küste. Bis dahin hat sich der Nebel sicher gelegt.“ Entschlossen rollte er die Karte zusammen und gab Finn Anweisungen für den Kurs. Die übrigen Segel waren noch intakt und zogen uns langsam voran. Das Ruder war zwar beschädigt, aber noch zu gebrauchen. Wir stachen in den Nebel und weiße Fetzen waberten über Deck. Bald schon konnte ich Carlton nicht mehr sehen, der wie ein Schemen am Bug stand und wie ein stummer, schwarzer Wächter nach vorn blickte.

Also immer der Sonne nach, die als matter Punkt hinter dem trüben Schleier glomm. Dort im Westen, dort musste unsere Zuflucht liegen.

Das Gewitter grummelte wie ferner Geschützdonner, doch ansonsten war es totenstill auf unserer Fahrt durch den Nebel. Kein Möwengeschrei, kein Wellenschlag, nicht einmal der Wind war zu hören. Und so schwiegen auch wir, während unsere Augen starr auf die weiße Wand geheftet waren, hinter der sich irgendwo der rettende Hafen befinden musste.

Dann, nach einer schieren Ewigkeit, riss die Nebelwand entzwei und ein schwarzer Vorhang erhob sich vor uns. Ein grauenhaftes Knirschen und Kreischen zerriss die Stille, die uns so lange gefangen gehalten hatte. Wie der schaurige Schrei eines erwachenden Monstrums.

Erst allmählich begriff ich. Ein Tor. Das war ein Tor! Wir hielten den Atem an. Zwei mächtige, hölzerne Flügel wichen zur Seite und gaben den Weg frei. Der Sturmhafen. Carlton hatte also Recht gehabt.

Die Einfahrt war schmal. An der linken Kajung verlief ein hölzernes Geländer, das im Nebel verschwand. Der Umriss einer Hütte tauchte neben uns auf. Trübes Lampenlicht flackerte hinter einer schmutzigen Scheibe. Wahrscheinlich waren hier die Männer, die uns das Tor geöffnet hatten. „Hallo! Jemand da?!“, rief Carlton nach oben. Er bekam keine Antwort. Ich meinte, hinter der Scheibe die Umrisse eines Kopfes zu sehen. Doch ich mochte mich getäuscht haben.

Dann weitete sich die Einfahrt etwas auf. Wir konnten immer noch nicht sehen, wie groß dieser Hafen war. Aber wir sahen die Silhouetten anderer Schiffe, die geisterhaft neben uns auftauchten. Nebel lag über den Stegen. Wie schwarze Skelette ragten die Masten der Schiffe links und rechts von uns in die Höhe. Wir waren also nicht die Einzigen, die der Sturm überrascht hatte. Seite an Seite lagen hier Segler, Tjalken, Kutter und Schlepper. Im Vorbeifahren konnte ich einige Namen lesen – „Voyager“, „Torum“, „Stormwinder“, „Heike.“ Die Schiffe wurden von unserem Wellenschlag angehoben und schaukelten träge. Einige sahen sehr mitgenommen aus: In der Reling eines schlammbesudelten Kutters hatten sich Tang und Teek verfangen. Eine Yacht mit abgeknicktem Mast hatte direkt daneben festgemacht. Ein Schlepper, der sich einige Meter weiter befand, schien von einem Feuer heimgesucht worden zu sein. Die Kajüte war völlig ausgebrannt.

Der Sturm musste heftig gewütet haben.

Unser Schoner fuhr geradewegs auf die Hafenwand zu. Im letzten Moment sah Finn die Mauer im Dunst und drehte hart bei. Das Schiff stieß mit einem dumpfen Schlag steuerbords an. Wir machten fest. Ich warf die Leine, die Finn am Poller vertäute. Das Knarren und Quietschen der Takelagen ringsumher erklang wie eine sinistere Symphonie. Ansonsten lag drückende Stille über diesem Ort. Ein eiskalter Wind fegte vom Wasser her zu uns herüber. Doch nicht nur er ließ mich frösteln.

Der Hafen war wie ausgestorben. Keine Menschenseele weit und breit. Im Nebel waren die Umrisse einiger Gebäude zu sehen. Lagerschuppen und Hütten. Aus einem Ofenrohr, das aus dem Dach einer hölzernen Baracke herausragte, stieg Rauch auf. Es war das einzige Zeichen von Leben. In einem stählernen Gestell hingen rostige Anker und Ketten in Reih und Glied. Ein schiefer Kran ließ seinen Haken im Wind schaukeln. Auf dem Vorplatz standen einige ölverkrustete Fässer. Holzplanken und Maschinenteile lagen verstreut umher – so, als seien hier Schiffe ausgeweidet worden.

Carlton atmete tief durch. „Wir werden an Land gehen und nachsehen, wo die anderen Besatzungen sind. Vielleicht…“ – er deutete auf das Sammelsurium an Holz und Maschinen –, „…vielleicht können wir unseren Schoner wieder flottmachen.“

Wir gingen von Bord und schritten über den Hafenplatz. Finn stieß mit dem Fuß gegen einen Blechdeckel, der scheppernd über das Pflaster rollte und an einem der Fässer abprallte. Das Geräusch ließ mich erstarren. Es durchbrach die quälende Stille jäh, und ich hielt den Atem an. Unbehagen machte sich in meiner Brust breit. Ja, ich fürchtete, das Scheppern würde etwas Unheilvolles wecken an diesem seltsamen Ort.

„Hallo! Ist hier jemand?!" – Kapitän Carlton rief über den Platz, über den sich der Nebel wie ein feiner, dünner Schleier gelegt hatte. Finn schüttelte den Kopf. „Wo sind die ganzen Menschen hin? Ich…"

Ein hohes Kreischen ließ ihn verstummen. Es kam von vorn, aus dem Nebel. Erst leise, dann immer lauter. Die ganze Luft war erfüllt davon. Das Kreischen schwoll an – und klang bald wie eine Horde wildgewordener Dämonen. Schwarze Schatten flogen auf uns zu, und wir duckten uns instinktiv. Ein schwarzer Schwarm kam aus dem Nebel geschossen und flog lärmend über uns hinweg. Krähen…

Die Vögel stiegen auf und wurden bald wieder von dem weißen Dunst verschluckt.

Finn grinste schief. Der Schreck saß tief. Das Kreischen der Krähen hallte aus der Ferne zu uns hinüber – und noch etwas. Schritte. Schwere Schritte und das Klirren von Stiefelschnallen. Irgendwer kam durch den Nebel auf uns zu.

Wortlos blickten wir auf die trübe Wand, in der sich ganz allmählich der Umriss eines Menschen abzeichnete. Ein Mann. Klein, gedrungen, aber mit forschem Schritt. Er war dunkel gekleidet, trug einen langen Ölmantel mit hochstehendem Kragen und schwarze Lederhandschuhe. Und als der Nebel ihn vollends preisgab, blitzten stahlblaue Augen und ein breites, gewinnendes Grinsen uns an fröhlich an.

Carlton hob die Hand: „Seid gegrüßt! Wir dachten schon, wir seien alleine hier!"

Der Fremde lachte meckernd: „Hähähä – nein, ganz bestimmt nicht! Hier ist einiges los nach dem Sturm."

Er blieb vor uns stehen und musterte uns mit einem Schmunzeln. Sein Gesicht hatte einen Dreitagebart, war rußgeschwärzt und von Pockennarben übersät. Er hatte aschgraues Haar, das ihm nass am Kopf klebte. Er musste alt sein, aber seine Augen blitzten schalkhaft wie die eines Jünglings. „Habt Ihr Euch verirrt? Ihr seid spät. Die anderen Boote sind schon vor Stunden hier angelandet", stellte er fest.

Carlton schüttelte dem Fremden die Hand und stellte sich vor. „Carlton. Ich bin Kapitän der ' Stella' . Ja, der Sturm... Er hat unseren Segler schwer beschädigt und wir haben im Nebel die Orientierung verloren."

Der Fremde kratzte sich den Bart. „Der Nebel… Er ist voller Gefahren. Aber hier seid ihr jetzt in Sicherheit. Übrigens: Ich bin Dorian, der Hafenmeister." Wir grüßten ihn mit einem stummen Nicken.

Dorian kramte in seiner Manteltasche. Ein in Leder eingeschlagenes Notizbuch kam zum Vorschein. Der schalkhafte Kerl zückte einen Bleistift und setzte an zu schreiben. „Eure Namen, bitte. Ich brauche sie fürs Register“, erklärte er. Akribisch notierte er sich unsere Namen und während er schrieb, sah ich, weil ich direkt neben ihm stand, dass auf den Seiten viele weitere Namen aufgereiht waren. Dutzende allein unter dem heutigen Datum. Viele mussten hier Zuflucht gefunden haben.

„Was ist mit den anderen?“, fragte ich und deutete auf die Schiffe an den Stegen.

„Die? Die sitzen da hinten in der Halle.“ Er wies mit dem Kopf in Richtung eines langen Schuppens, der etwas abseits stand. „Ist ein Notquartier. Einige warten schon seit Tagen.“

„Warten? Worauf?“, wollte Carlton wissen.

Dorian blickte verdutzt hoch. „Na, auf die Fähre. Auf was sonst?“ Wir blickten uns fragend an. Schmunzelnd klappte der Hafenmeister sein Notizbuch zu und erklärte: „Es gibt eine Fähre, die alle paar Tage die Insel ansteuert und die Gestrandeten aufnimmt. Dies ist eine gefahrvolle Ecke. Ihr seid nicht die Ersten, die in den Sturm geraten. Wer hier festsitzt, kommt allein nicht zurück.“

Carlton gefiel das nicht. „Wir brauchen Werkzeug, um die „Stella“ wieder flottzumachen. Könnt Ihr uns helfen?“, fragte er.

Dorian schüttelte mitleidig den Kopf: „Es tut mir leid. Das was Ihr braucht, hab ich hier nicht. Am besten, Ihr wartet auf die Fähre und lasst Euch rüberbringen. Dort wird man Euch helfen. Ihr bekommt alles, was Ihr Euch wünscht."

Unser Kapitän nickte resigniert. „Wann kommt die Fähre?", wollte er wissen.

Dorian blickte in den trüben Himmel, so als suche er nach der Sonne – so wie wir auf unserer Fahrt hierher. „Bald. Sehr bald. Am besten geht Ihr in die Hütte und wärmt Euch noch ein wenig auf. Dort gibt es Tee und etwas Brot. Das wird Euch stärken für die Reise."

Mir sagte das zu: „Keine schlechte Idee. Es ist sterbenskalt, und ich habe Hunger. Lasst uns gehen." Carlton grübelte noch, aber die anderen ließen sich nicht lange bitten. Einer nach dem anderen folgte mir. Dann gesellte sich auch der Kapitän zu uns. „Ihr habt recht. Wir sollten froh und dankbar sein, dass wir es geschafft haben. Dass wir diesen Sturm überlebt haben." Alle nickten zustimmend und gemeinsam schritten wir auf den großen Holzbau zu, in dem die anderen Sturmflüchtlinge warteten. Lautes Stimmengewirr und vereinzeltes Lachen drang zu uns herüber.

Ich hatte die Hand bereits auf den Riegel der Tür gelegt, als ein tiefes Dröhnen ertönte, das sich bis ins Mark bohrte und mir Schauer über den Rücken jagte. Ein Schiffshorn! Wir wirbelten herum. Das Signal kam vom Wasser her. Im Nebel konnten wir den Schatten eines großen Bootes erkennen, das sich langsam auf das Ufer zuschob. Dorian stand an der Beckenkante, warf die Hände in die Luft und lachte. „Sie kommen, sie kommen!", jubelte er.

Plötzlich platzte die Tür hinter mir auf. Eine Menschenflut strömte aus der Halle und riss uns mit. Wir konnten uns nicht dagegen wehren, wurden regelrecht mitgezogen in diesem Strom. Rings um mich waren Dutzende von Männern, Frauen und auch Kindern. Eine Mischung so bunt wie die vielen Schiffe, die ich an den Stegen gesehen hatte. Alte Seebären, kräftige Fischer, fein gekleidete Herrschaften, aber auch Seeleute in zerrissenen Kleidern und mit Wunden übersät. Der Sturm hatte sie alle an diesen Ort gewirbelt. Eine seltsame Schicksalsgemeinschaft, die nun der Rettung harrte. Ein junger Matrose gab mir einen Klaps auf die Schulter und strahlte mich an: „Endlich, sie holen uns ab!“, rief er.

Der Pulk versammelte sich an der Hafenmauer. Knarrend senkte sich eine Klappe am Bug der Fähre. Die Ersten gingen an Bord. Dorian hatte sein Notizbuch gezückt und strich die Namen der Mitfahrenden ab. Der Tross vor mir geriet ins Stocken. Es waren so viele, die auf das Boot wollten. Ich reckte den Hals, um besser sehen zu können. Dort standen bereits Menschen auf der Fähre. Sie winkten zu uns hinüber, lachten und strahlten. Waren das auch Gerettete? Hatte die Fähre schon vor uns Leute aufgenommen? Neben mir stand Carlton. Auch er blickte auf das Bootsdeck. Seine Augen waren auf einen Punkt in der Menge gerichtet – und wurden immer größer.

„Aber, aber, das ist…“ Seine Stimme brach ab. Sein zitternder Zeigefinger deutete auf einen Mann, der in der Menschenschar stand und seine Hände ausstreckte – so, als wollte er Carlton an Bord holen. Der Mann war hager, blaß, seine Augen waren müde, aber sie strahlten. Das Strahlen eines Geretteten. Und sie kamen mir irgendwie bekannt vor. Ich schaute meinen Kapitän von der Seite an. Tränen liefen ihm die Wangen hinunter.

„Das ist Henk. Mein Bruder Henk!“ Carlton weinte. Die Gefühle über seine Rettung übermannten ihn. Ich freute mich mit ihm und klopfte ihm kräftig auf die Schulter. „Das ist doch wunderbar, Kapitän! Aber wer hat ihm gesagt, dass wir hier sind?“, fragte ich.

Carltons Blick wurde mit einem Mal ganz starr. Ich musste genau hinhören, was er sagte, denn die Menschen um uns jubelten und lachten weiter. Er flüsterte, nein, er stammelte: „Ich wüsste auch gern, wie Henk hierherkommt. Denn er ist seit 15 Jahren tot…“

Und da begriff ich. Wir hatten den Sturm gar nicht überlebt. Wir waren da draußen irgendwo gestorben vor wenigen Stunden. Und jetzt brachen unsere Seelen zur letzten Fahrt auf.

Dorian lachte laut, als ich an ihm vorbeiging und die Fähre betrat – und ich sah, wie er einen Strich hinter meinen Namen setzte…

# *Ein letzter Augenblick*

Die Sonne geht unter. Und doch ist kein Licht am Horizont.

Er sitzt am Deich und starrt hinaus auf die Bucht. Die Ebbe kommt, das Meer geht. Und mit dem Wasser sinken auch seine Gedanken auf den Grund. Wie oft hat er mit ihr hier gestanden und den letzten Augenblick des Tages genossen. Vereint, versunken, ergriffen, erregt. Zumindest in den ersten Jahren, als alles noch gut und glücklich war.

Doch das war nicht immer so geblieben.

Müde schaut er zum Horizont. Das sterbende Licht des Tages zaubert ein Glitzern auf die braungrauen Wogen. Und ihm ist, als blicke er wieder in ihre Augen. Diese Augen, die sich vom ersten Tag an in sein Herz gebohrt hatten und die ebenso geheimnisvoll glitzerten wie die Wellen. Er hatte vom ersten Moment an gewusst, er würde diesen Blick für immer in seinem Herzen tragen.

Er spürt einen Stich. Wo ist sie jetzt nur? Einsamkeit kriecht durch seinen Leib, ganz plötzlich. Kalte Schauerwellen umspülen sein gebrochenes Herz.

Die Beine angezogen, den Kopf auf den Knien ruhend, so sitzt er dämmernd am Deich. Ein Bündel und eine Flasche neben sich. Der verdammte Schnaps... Er hat alles kaputt gemacht. Wütend stößt er die Flasche von sich. Sie rollt den Deich hinab.

Immer wenn er trank, war es wie eine Verwandlung. Wie das Öffnen einer Tür, hinter der eine dunkle Kammer lag. Mit jedem Schluck spülte er Wärme, Güte und ja, auch Liebe durch den Abfluss seiner Seele. Und übrig blieb ein kalter, trockener Sumpf, aus dem ein Biest emporstieg, das mit Zorn, Geschrei, Tritten und Schlägen in rasendem Rausch wütete.

Und wenn dieses Biest wieder hinabfiel, in diesen dunklen Sumpf zurück, nach quälend langen Stunden, dann erwachte er allmählich – und sah, was er angerichtet hatte. Blut war geflossen. Aber auch Tränen. Aus ihren wunderschönen Augen. Und das schmerzte ihn mehr als jede Narbe, die er ihr zugefügt hat. Dann reuten ihn seine Taten sehr. Doch meist nicht lang genug. Die Versuchung war zu stark. Und früher oder später tauchte dieses Biest wieder auf – gewandet in Wut und Wahn. Und die Tür zur dunklen Kammer stand bald wieder offen.

Doch ihr Herz war groß und sie verzieh ihm immer wieder.

Er spürt Salz auf seinen Wangen. Vom Meer und den Tränen. Er weint bitterlich. Er will sie zurück. Doch er weiß, sie wird nicht wiederkehren. Nie wieder. Niemals. Es ist zu viel gewesen diesmal. Die Erkenntnis trifft ihn wie ein harter Wellenschlag und zieht ihn tief hinab. Er fühlt sich, als treibe er einsam auf einem Meer. Rettungslos verloren, kein Land in Sicht.

Er denkt voll Wehmut an den Tag, an dem sie hier zum ersten Mal in die sinkende Sonne schauten. Ihr Atem an seinem Hals, ihre Lippen an seinen. Der Glutball tauchte ins Wasser. Golden, glitzernd, geheimnisvoll. Ein magischer Moment am Meer, der Rauschen und Rausch vereinte. Und dann sah sie ihm in die Augen. Wehmütig, aber entschlossen. Ein Versprechen musste er ihr abnehmen.

„Wenn einmal mein Ende naht, so soll es hier an diesem Ort geschehen – gemeinsam will ich mit Dir in den sterbenden Tag blicken und meine Seele soll hier auf Reise gehen."

Und er versprach es.

Doch sie ist nicht hier gestorben. Sie ging nicht leise von dieser Welt. Sie ging nicht in Würde und sie hat ihre Seele nicht über das Meer geschickt.

Sie hauchte ihr Leben auf kalten Kellertreppen aus. Zwei Flaschen hatten gereicht, um die dunkle Kammer in seinem Innern zu öffnen und das Biest zu erwecken. Und diesmal wütete es besonders grausam. Sie hätte nichts sagen sollen. Warum musste sie ihn maßregeln. Und dann ihr Blick, purer Trotz! Wie von Sinnen schlug er auf sie ein. Doch ihr Blick blieb standhaft diesmal. Ihre schönen Augen schauten ihn vorwurfsvoll und traurig an. Er ertrug es nicht – so sehr er auch schlug und schrie. Es hörte nicht auf. Schweig endlich! Schweig!

Und so gab er ihr den Klingenkuss, die kalte, schneidende Erlösung. Und nun endlich brach ihr Blick.

Die Sonne taucht ins Wasser. Der Moment ist gekommen. Er hat es versprochen. Seufzend beugt er sich zu dem Bündel im Gras neben sich und öffnet es behutsam. Auf dem Tuche ruhen ihre Augen. Selbst im Tode ist ihr geheimnisvoller Glanz nicht erloschen. Braungrau wie die Wogen. Er dreht sie vorsichtig, bis ihr Blick auf den Horizont und den sterbenden Tag gerichtet ist. Versprochen ist versprochen.

# *Der Autor*

## Kai Kurgan

Kai Kurgan alias Kai-Uwe Hanken, geboren 1971 im Rheiderland, erkundet gern die Schattenseiten des Landes zwischen Ems und Dollart. Er schreibt bevorzugt schwarze Geschichten, die an der Friesenküste angesiedelt sind. Die Erlebnis-Lesungen des stimmgewaltigen Autors erfreuen sich großer Beliebtheit. In alten Gemäuern wie Kirchen, Gulfhöfen und Steinhäusern entfalten die düsteren Geschichten eine besondere Wirkung. Kurgan liest, spricht und spielt seine Erzählungen. Sein Licht- und Klangmeister, der Musiker und Produzent Harry de Winter aus Wymeer, unterlegt die Auftritte mit dramatischen Ton- und Lichteffekten. Stimm- und sturmgewaltig geht es auch in Kurgans Hörbuch „Lamberts Traum“ zu, das 2011 veröffentlicht wurde. Außerdem ist er in diversen Anthologien vertreten und hat die Bücher „Dollartgold“ und „Das verlorene Land“ verfasst.

Mehr unter:
www.kaikurgan.de www.facebook.com/KaiKurgan

OOST-FRISE, ou
LE COMTÉ D'EMBDEN
subdivisé en ses principales Iurisdictions.
Par le S. Sanson, Geographe ordinaire du Roy
A Paris, Chez H. Iaillot joignant les grands Augustins, aux deux Globes
Avec Privilege du Roy, pour Vingt Ans 1693
N O O R
ou M E R D'A L L
Ackumer
Balsring
Norder diep
Norder Ney
Wichter diep
Buser diep
Iuist
Ooster Embs
t Wadt
Borcum
Wester Embs R.
Bandel
Westermarsch
Ostermarsch
NORDEN
BROECKMERLAND
EMBDEN
Embs R.
Dollert
Occident
GRONNINGEN
Bourtange
28
10
20
30
40

29
10
20
30
40
Z E E
Wanger Oog
M A
G N E
Eschelle
Milles Pas Geometriques ou Milles d'Italie
Lieües Communes d'Allemagne
Lieües d'Une Heure de Chemin
54
Schilling
Minsen
Wierden
Hohenkerchen
WANGERLAND
Hockziel
Midoeck
Oldorp
Waddewarden
Berdum
Eglong
Westrum
Wibels
SEIGNEURIE DE IEVER
IEVER
ÖSTRINGEN
RÜSTRINGEN
Kniphusen
Accum
WITMUND
Kleuerns
Schortens
Sandel
Dose
Abcohaue
FREDEBURG
Fredeburg
Hoegast
Etzel
Horsten
Iade
Langwarden
Tossens
Burhaue
Waddens
Roddens
Eckwarden
Vorwerck
Stolham
Inte
Obbenhusen
COMTÉ D'OLDENBOURG
Varel
Zetel
Bockhorn
Stenhus
Neuburg
Grabstede
Schwege
Oudgunne
Orient
Torelns
Luren
Konneford
Spolo
Eggelo
Linswegen
Barchford
Wiiestod
Horn
Helle
Loie
Rastede
Bocklerborg
Wanbeck
Bornhorst
Holle
Oldenbrock
Lidde
Spolse
Remds
LENGERLAND
Selwede
Burle
Haselt
Holtlant
MERLAND
Hollen
Ammerce
Apen
Westerstede
Elmendorp
Winckel
Ockholt
Tosholt
Twischenaw
Orwede
Hallenstede
Wene
OLDENBOURG
Osterburg
Rinderhagen
Vardenberg
Harbern
Westerholt
Wetterborg
Littel
Hundlosen
Sage
Edewecht
Iddeloe
Vegesack
Bussel
Hardebrugge
Campen
Scharle
Strucklingen
Osterhusen
Bergen
GERLAND
HE DE MUNSTER
FRISOIT

EINE EINZIGARTIGE
LANDSCHAFT
VERDIENT EIN EINZIGARTIGES
MAGAZIN
JEDEN MONAT NEU
FRAUENORTE: DAS LEBEN DER ANTJE BRONS
Ostfriesland Magazin
WÄCHTER DER NORDSEE
BORKUMS GROSSER LEUCHTTURM
CHINESISCHES PORZELLAN IM LANDESMUSEUM
NEUE SERIE: OLDTIMER
HESEL: AUF DER GEEST
SKN Druck und Verlag
Stellmacherstraße 14 | 26506 Norden
Telefon: (0 49 31) 925-144
E-Mail: aboservice@skn.info
www.ostfriesland-magazin.info